RECVEIL DES TITRES concernans l'vnion des Colleges de Boncour & Tournay, au College Royal de Navarre.

Pour l'établissement de la Communauté des Docteurs en Theologie.

Procez Verbal du 31. Aoust 1637.

L'AN mil six cent trente-sept, le trente-vniesme & dernier jour d'Aoust, pardeuant Nous Leonor d'Estampes Evesques de Chartres, Conseiller du Roy en ses Conseils d'Estat, & Finances, Hector de Marle sieur de Beaubourg, Conseiller du Roy en sesdits Conseils, & President en son grand Conseil, Loüis Huault sieur de Montmagny, Conseiller esdits Conseils, & en son grand Conseil : Commissaires deputez par le Roy en cette partie, estans en la Salle du College de Boncour, où nous nous serions exprés tranportez en vertu de nostre Commission ; Seroit comparu Me Philippes Gallandius Principal dudit College, par nous mandé. Et apres lüy auoir fait entendre le sujet de nostre Commission & d'icelle fait faire lecture, luy auons enjoint suiuant icelle, de nous representer la Fondation dudit College, nous dire l'ordre de la Discipline qui s'y fait à present, en quoy consiste le reuenu, & d'où dépend ledit College, de quelle sorte il est pourueu, combien il y a de Boursiers audit College, & quelle exercice il y a à present, s'il y a Pensionnaires, & par quelles personnes les logemens sont occupez, l'estat des Fondations, & des Dotateurs.

Par ledit Gallandius a esté dit, pour satisfaire à ce que dessus ; Qu'il n'a presentement les Titres de fondation entre ses mains, & nous a requis delay pour les retirer de ceux ausquels ils les a conferez, & que dans Samedy prochain, il offre nous les representer à pareille heure; & que cette année presente, il y a eu exercice de Logique, & Physique seulement : dont ont esté Regens les sieurs de Roux, & Dabori, & qu'il n'y a point eu d'autres exercices cette année audit College. Pour ce qui est du reuenu dudit College, qu'il n'y en a point d'autre que le reuenu des Boutiques deuant ledit College, qu'il a fait bastir sur le fond dudit College, & du loüage des Chambres; & que outre il y a deux cens liures de rente en fond, de ce qui est affecté aux Boursiers, lesquels ne sont à present audit College, & doiuent estre huit en nombre : Et cent cinquante liures de rente sur l'Hostel de cette Ville, que Maistre Pierre Galland a donné pour l'entretien de deux Boursiers, à la charge que lesdits Boursiers ne demeurans audit College, le reuenu en demeure au Principal; qu'il est pourueu dudit College par les Abbez de S. Eloy lés Arras, & de S. Bertin, dans la Ville de S. Omer, sur la resignation de Maistre Iean Galland son oncle, dernier paisible possesseur; qu'il y a dix ou douze Pensionnaires, & que le reste des chambres est occupé par d'autres Escoliers qui vont à l'exercice aux autres Colleges : Pour l'état des Fondations, qu'il en feroit apparoir au temps par luy cy-dessus requis.

Sur quoy nous Commissaires susdits auons donné acte audit Gallandius de ses dires & déclarations, & de son consentement aurions continué l'assignation à Samedy, deux heures de releuée, en ce lieu, auquel temps luy auons enjoint de se trouuer, & de nous représenter l'estat du reuenu, & fondations, & enseignemens; ce qu'il a promis faire, & a requis acte, que les presentes declarations qu'il nous vient de faire ne luy puissent nuire ny prejudicier. Signé, GALLAND.

Du 5. Septembre 1637.

Et aduenant le Samedy 5. jour de Septembre deux heures de releuée : Nous Commissaires susdits, nous serions derechef transportez audit College de Boncour, où estans, aurions mandé Maître Philippes Gallandius, Principal dudit College, auquel suiuant nostre precedente Ordonnance & soubmissions par luy faites, aurions enjoint de nous representer les Titres & Fondations dudit College, l'estat du reuenu d'iceluy, & les prouisions en vertu desquelles il joüit : Ensemble les Comptes des années precedentes.

Par ledit Gallandius a esté dit, Que pour l'estat dudit College, dont par nostre Commission est dit que visitation sera faite, il est en telle reparation qu'il n'y en reste point à faire, ainsi qu'il est visible : Mais que tout l'enclos n'est pas ce qui est de la fondation du College fait par Pierre de Becourt, qu'il n'y a seulement de ladite fondation que le logement qui est du costé de main gauche en entrant par la grande porte dudit College. Que le grand logement où nous sommes, couuert d'ardoise, & l'Eglise dudit College, tous les corps de logis qui sont à costé de main droicte de la grande porte ; la maison où loge le sieur Mesnigaud & autres Prestres Irlandois, les Iardins & quasi toute la grande Cour, sont acquisitions particulieres faites par ses predecesseurs, qui luy appartiennent pour leur auoir succedé, ne sont point du corps du College, ny ne composent point le reuenu des fondations d'iceluy. Que lesdites fondations consistent en deux seulement : Sçauoir ; La premiere faite par ledit Pierre de Becourt en quelques Dixmes sur le Village d'Hame, & autres circonuoisins dans l'Artois, lesquelles le plus haut qu'elles ont esté affermées, tant par le predecesseur dudit Galland que par luy, n'est que de 200. liu. par an, dont à present à cause de la guerre l'on ne reçoit rien. Et pour l'autre fondation, elle a esté faite par feu Maistre Pierre Galland, & consiste en 125. liu. de rente sur l'Hostel de cette Ville : Et en ce qui est des comptes, il n'y en a iamais eu ; parce que par sepmaines on a distribué aux Boursiers ce qui leur est ordoné, & dont on a receu quittance, & n'y a point de Procureur audit College. Et au regard de la representation des Titres, nous a suppliez luy pouruoir d'vn delay competent pour les retirer des mains des Aduocats, Procureurs & autres personnes, és mains desquels pour le soustien des procez, les Auteurs & luy ont esté necessitez les mettre, declarant qu'au fur & à mesure qu'il les pourra recouurer, il mettra des copies collationnées par des Notaires entre les mains de Nous, ou de qui il nous plaira commettre : Et neantmoins dés à present nous a representé & mis en nos mains des copies collationnées de la premiere fondation, faite par ledit sieur Becourt le douziesme Septembre 1353.

Item, Copie collationnée par Notaires, d'vn marché fait par feu Maistre Pierre Galland auec Loüis Meusnier Maistre Maçon le premier May 1543. pour la construction d'vn corps d'hostel dans ledit College.

Item, aussi Copie collationnée d'vn autre Contract & marché fait entre ledit ſieur Galland & Meuſnier, pour la conſtruction de la Chappelle , datté du huit Nouembre 1543.

Item , d'vn autre Contract & marché fait entre iceluy Galland & Iacques Marchand Couureur , pour la couuerture de ladite Chappelle, qui a eſté baſtie dans le fonds dudit Gallandius.

Item, deux Copies d'adjudications non ſignées, par decret ; l'vne d'vne partie de maiſon & Iardin , ſous le nom d'vn nommé Solíueau , qui en fit declaration au profit de feu Maiſtre Iean Galland , en datte du dernier Mars 1597. L'autre d'vne autre partie de Maiſon & Iardin acquiſe ſous le nom d'vn nommé de Blaye, datté du dix-neufieſme Février 1603. Et pour le ſurplus, ſatisfera à ſon poſſible dans le delay competant qu'il nous plaira luy donner.

Sur quoy nous Commiſſaires ſuſdits, auons donné acte audit Gallandius de ſes dires & declarations, & repreſentations des Titres cy-deſſus mentionnez , leſquels ſont demeurez entre les mains de noſtre Greffier : Et pour le ſurplus, ordonné qu'il y ſatisfera dans la fin du mois pour toute prefixion & delay; & cependant qu'il ſera par Nous preſentement procedé à la viſite des lieux dudit College, ainſi qu'il eſt porté par noſtre dite Commiſſion. Et à l'inſtant nous ſerions deſcendus en la cour dudit College, où ledit Galland ſe ſeroit excuſé de nous ſuiure, à cauſe de ſon indiſpoſition ; & aurions reconnu y auoir à la main gauche entrant par la grande porte d'iceluy , vn corps de Logis enuiron de 20. toiſes, fort caduque, derriere lequel il y a vne petite Ruelle, & au delà d'icelle vn Iardin auec vn corps de Logis qui a ſon entrée par la ruë, au deſſous duquel corps de Logis eſtoient anciennement les Claſſes lors qu'il y auoit exercice , leſquelles nous auons trouuées eſtre remplies de Tonneaux , & au deſſus deux eſtages de Chambres quarrées, & vne en galletas, ledit corps de Logis eſtant vieil & caduque , & en peril eminent, au bout duquel corps de Logis ſont trois Appentifs ſeruant d'Aiſement audit College, & au bout d'iceux vn corps de Logis bas d'enuiron 8. à 9. toiſes, qui a ſeruy autrefois de Claſſe audit College, loüé à vn Imprimeur, auquel on a baillé ſortie par vne ruelle qui eſt entre Navarre & Boncour, & y a enuiron 20. toiſes de diſtance, depuis le bout dudit vieux corps de Logis , & Iardin, juſques au bout de la Cour, où eſt le Logis où preſentement logent les Preſtres Hibernois ; lequel Logis deſdits Hibernois, eſt de ſept toiſes enuiron, & quatre eſtages, compris le galletas, & vn petit Iardin, & Cour, de la longueur de ladite maiſon, ayant 8. toiſes & demie de large enuiron, ayant ledit Logis auſſi ſon entrée par la ſuſdite ruë, entre ledit College, & celuy de Navarre: Dans laquelle ruë eſtant ſortis, joignant le ſuſdit Logis deſdits Hibernois, aurions trouué encore vn petit Logis ou loge vn Imprimeur, loüé 200. liures, & celuy où logent leſdits Hibernois 80. eſcus, & celuy d'audeſſus où eſt logé vn Imprimeur 100. liu. & celuy qui a ſon entrée par la rue où eſt la grande porte du College, auec le Iardin cy-deſſus 300. liures, au bout duquel Logis deſdits Imprimeurs, il y a vne autre maiſon qui n'appartient point au ſieur Galland, au bout de laquelle il y a vne autre maiſon des dépendances dudit College, que ledit Galland a dit luy appartenir, comme ayant eſté acquiſe par feu Maiſtre Iean Galland ſon oncle, qui n'eſt maintenant loüée, l'vſufruit en ayant eſté laiſſé par ledit defunct Galland ſa vie durant, à la veufve Gouſſelin. Et du Iardin de la ſuſdite maiſon ſerions rentrez dans l'vn des Iardins dudit College, planté en bois; & de là deſcendant dans la Cour dudit College proche la Chappelle, en laquelle ſerions entrez, dans laquelle on nous a dit y auoir eu autresfois Claſſe, & à coſté de ladite Chappelle il y a vn baſtiment fait en appentis, dans lequel on a auſſi autrefois fait Claſſe, & à preſent eſt loüé à vn Menuiſier 18. liu. par an, qui y trauaille, & tient ſa Boutique contenant ledit baſtiment enuiron trois toiſes en quarré, ledit appentis eſtant en entrant en la Chappelle à main gauche.

Et à la main droite de ladite Chappelle y joignant, il y a vne petite montée pour aller au deſſus d'icelle, qui eſt vn grenier: & en ſuitte vn grand corps de Logis couuert d'ardoiſes, contenant enuiron 13. toiſes de longueur, trois eſtages de hauteur quarrez, & vn en galletas diſtant de ladite Chappelle d'enuiron 5. toiſes & demie; & a toute ladite Cour en ce ſens là, trente-ſept toiſes de largeur, & quarante toiſes de long, ayans pluſieurs Anglois en icelle, & le grand corps de Logis eſt où demeure ledit Maiſtre Philippe Galland Principal, & autres locataires. Et au bout dudit corps de Logis, vn autre corps de Logis en retour, d'enuiron 3. toiſes dans la Cour, au bas duquel loge vn maiſtre ouurier en Hebene, lequel y trauaille & tient ſa boutique, & au deſſus Maiſtre Pierre de Montmaur, & autres, & contient ledit corps de Logis outre les 3. toiſes, l'eſpeſſeur du grand corps de Logis cy-deſſus. Et en ſuitte ſont trois appentis d'enuiron treize toiſes de long, fort ruineux, où l'on faiſoit autresfois Claſſe; au bout deſquels appentis il y a vne porte par où on alloit autrefois au College de Tournay, aupres de laquelle porte il y a vn corps de Logis racommodé de neuf, ayant issuë par dedans la ruë, où loge vn nommé la Vigne qui le louë enuiron quatre vingt escus; & en retournant dans la cour est vn Logis d'enuiron 3. toises, qui aduance dans ladite cour, n'estant des dépendances d'iceluy. En suitte est vn autre corps de logis double d'enuiron six toises & demie, au dessous duquel il y a eu autresfois vne Classe de Philosophie, & au dessus deux estages quarrez, & vn en galletas, contenant lesdits corps de logis 9. toises de longueur, sur six & demie de large, où demeurent plusieurs locataires : Et en continuant dudit corps de logis, allant vers la grande porte jusqu'à icelle, est vn autre corps de logis d'enuiron 7. toises & demie de long, sur 4. de large, où demeure Maistre Perrin qui tient des Pensionnaires, à la reserue d'vne partie du bas, auquel on a donné entrée par la ruë, ledit corps de logis ayant trois estages quarrez, & vn galletas, qui est loué quatre-vingt escus audit Perin; & y a au dessus de la porte vn Escriteau en grosse lettres: Ceans l'on prend Pensionnaires.

Estans sortis à main droite tirant vers le College de Navarre, il y a vne maison & deux boutiques loüées à vn Maçon trois cens liures, joignant la maison dont est fait mention cy-dessus, qui fait le coin de la ruë, d'entre Navarre & Boncour; & sortant dudit College : & du costé de la porte S. Marceau, vne boutique & sallette, loüée cent liu. & attenant icelle, vn autre petit logis loüé à vn Armurier cent cinquante liures, joignant à vne maison qui n'est dépendante dudit College, dont est fait mention cy-dessus, qui est enclos audit College : & sous lesdites maisons & Chappelles sont plusieurs grandes caues.

De là nous nous serions transportez au College de Tournay, joignant le College de Boncour & y estans, aurions mandé le Principal dudit College, & seroit comparu Maistre Iean Alexandre Prestre du Diocese d'Arras, lequel nous auroit dit estre Principal dudit College, qu'il en est en jouissance depuis douze ans, par des prouisions qu'il a euës du Chancelier de l'Vniuersité de Paris, *jure deuoluto*, par la negligence du sieur Evesque de Tournay, Collateur ordinaire dudit College.

Luy auons demandé s'il y auoit quelques exercices audit College, a dit que non, excepté Monsieur Foüet qui a acheué vn Cours, il y a quatre ou cinq ans, & qu'il n'y en iamais eu, & que lors qu'il y auoit exercice au College de Boncour, il y auoit entrée dans le College de Tournay, où logeoient plusieurs Escoliers.

Luy aurions demandé, en quoy consistoit le reuenu dudit College, a dit en loüage de chambres & maisons dependantes d'iceluy.

Enquis à combien montent tous les loüages des chambres & maisons dependantes d'iceluy, a dit monter a quelques six cens liures ou enuiron.

Luy aurions demandé quelles sont les charges & fondations d'iceluy College, a dit qu'il n'en connoist point d'autres, sinon, qu'il y doit auoir deux Boursiers, qui ont dix sols par semaine, lesquels Boursiers sont absens depuis les guerres, & outre ce, dit toutes les Festes & Dimanches vne Messe.

Luy auons enjoint de nous representer les Titres & Fondations dudit College, l'estat du reuenu d'iceluy, & les Prouisions, a dit qu'ils ne sont de present en sa possession, & a requis delay de huitaine, & de les representer. Signé, ALEXANDRE.

Sur quoy Nous Commissaires susdits, auons donné acte audit Iean Alexandre de ses dires & declarations; & ordonné que Samedy prochain à deux heures de releuée, nous nous transporterons en ce lieu, auquel iour & heure, luy auons enjoint de nous representer tous & vn chacun les Titres & Fondations dudit College, les prouisions en vertu desquelles il joüit, l'estat du reuenu, ensemble les Comptes de l'administration des années precedentes, pour du tout ensemble de l'estat des lieux estre par nous dressé Procez verbal, ainsi qu'il est porté par nostre dite Commission.

Du 12. Septembre 1637.

Et aduenant le jour de Samedy, douziesme desdits mois & an, Nous Commissaires susdits serions transportez audit College de Tournay, où estans aurions mandé ledit Maistre Iean Alexandre, & suiuant nostre precedente Ordonnance du sixiesme du present mois, luy aurions enjoint de nous representer les Lettres de prouision, en vertu desquelles il joüit dudit College, les Titres & Fondations d'iceluy, l'estat du reuenu, & des charges, & generalement tous les Titres qu'il a dependants dudit College.

Et à l'instant seroit apparu ledit Maistre Iean Alexandre, lequel nous auroit remonstré que pour satisfaire à nos susdites Ordonnances, il nous representoit: premierement, ses Lettres de prouision du Chancelier de l'Vniuersité de Paris, en datte, *Parisijs anno Domini* 1625. *die* 5. *Aprilis*, de laquelle prouision il nous auroit baillé copie collationnée, au pied de laquelle est pareillement copie de sa prise de possession du onziesme iour desdits mois & an, laquelle coppie nous auons retenuë, & à luy rendu les Originaux.

Plus, nous auroit montré deux prouisions du Chancelier de l'Vniuersité, pour les deux Boursiers fondez audit College de Tournay, toutes deux dattées, *Parisijs anno Domini* 1625. *die* 19. *Iunij*. l'vne en faueur de Maistre Pierre du Fossé, Prestre du Diocese de S. Omer : & l'autre de Paschal Petit Clerc du Diocese d'Arras, desquelles prouisions il nous auroit pareillement baillé des copies signées dudit Alexandre, & luy aurions aussi rendu lesdits Originaux ; depuis lesquelles prouisions il n'y en auroit eu autre pourueu, & sont absentez à cause des guerres, comme il a dit cy-dessus, sinon que depuis cinq ou six mois, vn nommé Bourry s'est fait pouruoir d'vne desdites Bourses, par le Chancelier de l'Vniuersité, contre lequel ledit Alexandre a procez, à cause que ledit Bourry n'est du Diocese, ny de la qualité requise.

Plus, nous a representé vne copie non signée, d'vn Concordat fait entre l'Euesque de Tournay, & les Chanoines, en datte de l'an 1295. du Dimanche deuant la Natiuité de la Vierge, faisant mention de la fondation dudit College : a declaré qu'il n'auoit autres Titres anciens d'iceluy, & de fait en l'année 1624. le Recteur & l'Vniuersité de Paris, apres auoir fait sa visite audit College, se seroit plaint au Preuost de Paris, qu'il auroit trouué tout ledit College en confusion, & que les Titres auoient esté diuertis : Pourquoy il auroit demandé permission de faire saisir copie de la fondation entre les mains d'vn particulier ; mais ne sçait ce qui s'est fait depuis.

Pour ce qui est du reuenu dudit College, il n'y en a autre que ce qui se tire du loüage des chambres & boutiques, qui sont dans la ruë, & qui font partie dudit College, qu'il nous a dit auoir trouué totalement en ruine, lors qu'il prit possession d'iceluy, & qu'il les auroit fait restablir en l'estat qu'ils sont de present ; mesme auroit fait faire les boutiques qui y sont, à ses despens, & que le tout (ainsi qu'il nous a dit cy-deuant) peut valoir 600. l. ou enuiron : dont il nous a promis bailler estat par le menu dans huitaine, sur quoy il faut prendre les charges, dont il nous a pareillement promis de bailler estat dans ledit temps. Ensemble des reparations, & ameliorations qu'il a fait audit College : & pour ce qui est

est des Comptes, qu'il ne s'en rend point, d'autant que le reuenu luy appartient, les charges desduites, dont il est en possession, & en joüit, comme ont fait ses predecesseurs. Signé, ALEXANDRE.

Sur quoy, Nous Commissaires susdits, auons donné acte audit Alexandre de ses dires & declarations ; & ordonné que dans huitaine il nous mettra entre nos mains lesdits estats, tant du reuenu, que charges dudit College : Et cependant qu'il sera par Nous presentement dressé Procez verbal de l'estat dudit College, ainsi qu'il est porté par nostre dite Commission. Et à l'instant serions retournez dans la cour dudit College, laquelle contient dix toises de large, sur huit à neuf toises ou enuiron, estant bastie de trois côtez. Vn grand corps de logis sur le deuant, dont vne partie est neufue, que ledit Alexandre nous a dit auoir fait bâtir à ses dépens: & l'autre partie vieille à main droite en entrant. Vn autre corps de logis plus bas, reparé en partie, triste, caduc, & ançien, au bas duquel demeure vn ouurier en Ebene, tenant sa boutique, & y trauaillant. Vn autre derriere aussi fort ancien & caduc, au bas duquel demeure vn Menuisier, y tenant sa boutique, au dessus de laquelle il y a quelques petites Chambres, & dans l'vne d'icelles est la Chappelle dudit College, dont les pannes sont estayez ; au coin duquel corps de logis est vne porte entrant dans la petite cour, où est le logis dudit Alexandre : & à costé gauche en entrant audit College, vn grand Chantier, ayant son issuë hors dudit College: & derriere lesdits lieux vn Iardin tenant aux murailles de la Ville, de la largeur de tous les bastimens cy-dessus.

Du 3. Octobre 1637.

Et aduenant le Samedy 3. Octobre audit an, Nous Commissaires susdits, nous sommes derechef transportez audit College de Boncour, où aurions fait venir Me Michel Villedot, Me des Oeuures du Roy, & Iuré Masson de cette ville de Paris, pour visiter vn corps de logis estant à main gauche, entrant dans ledit College, contenant vingt toises ou enuiron. Plus vn autre petit logis estant à main droite, du costé du College de Tournay, attenant le corps de logis, au bas duquel loge vn Maistre ouurier en Ebene. Plus vn autre appenty attenant la Chappelle du costé gauche en entrant en icelle: lesquels corps de logis nous aurions esté aduertis menacer ruine, & aurions pareillement demandé Me Philippe Galland Principal dudit College, pour en sa presence faire faire ladite visitation, & prester le serment audit Villedot: & apres que l'on l'auroit cherché, & que ses domestiques nous auroient rapporté qu'il estoit absent dudit College, & qu'ils ne sçauoient où il estoit; aurions audit Villedot enjoint de faire en sa conscience la visitation, & rapport desdits logis cy-dessus mentionnez (ce qu'il a promis de faire) & à cette fin auons de luy pris le serment en tel cas requis, & accoûtumé, & continué l'assignation à Lundy prochain, deux heures de releuée, auquel iour & heure auons ordonné que ledit Galland comparoistra pardeuant Nous, pour representer tous les Titres & enseignemens concernans les reuenus & Fondations dudit College, & enjoint à sesdits domestiques le faire sçauoir audit Galland leur Maistre, à ce qu'il n'en pretende cause d'ignorance.

Et de là, Nous nous serions transportez au College de Tournay, où estans aurions mandé ledit Alexandre, & à luy enjoint suiuant nostre precedente Ordonnance, de nous bailler au vray, l'état du reuenu en particulier dudit College: Ensemble l'estat des charges suiuant nostredite Ordonnance, du douziesme du mois passé.

Ledit Alexandre comparant, nous auroit representé vn petit memoire escrit de sa main, non signé, contenant ce qui ensuit.

Monsieur Stapleton Hibernois, tient Chambre pour 18. liures.
Loüis & Thomas Meron, pour 18. liures.
Michel Paul Menuisier en Ebene, pour 36. liures.
Laurent, Menuisier, pour 36. l. Le Raccommodeur de bas, pour 36. l.
Botine, Boutonniere, pour 12. l.
Le Paueur, 12. liu. Geneviefve, pour 12. liures.
De Marines, 120. l. Du Chesne Boutonnier, 24. l.
René Couard, 30. l. Matthieu, Rauaudeur, 24. liu.
Hugues, Boutonnier 36. l. Le Boulanger, 50. liures.
Martin Boutte, Cordonnier, 24. l. Du Rousseau, 30. liures.
Langlois, Brodeur, pour 18. liu. Henry, Menuisier, 30. liu.

Ce qu'il a dit estre entierement tout le reuenu dépendant dudit College; que dans l'enclos du College il n'y loge aucune femme, ains dans les Chambres ayans issuë par la ruë: Et pour ce qui est des Charges, le College est chargé de 8. liu. cinq sols de cens, enuers l'Abbé de Sainte Geneviefve, à la mouuance duquel il est. Plus il y a deux Boursiers fondez, qui doiuent auoir chacun 25. l. par an, lesquels se sont absentez depuis les mouuemens des guerres, comme il nous a dit cy-dessus, & qu'il n'a autres Titres entre les mains que ceux qu'il nous a representez à la derniere fois, & que lors qu'il en a besoin, il est obligé de les faire compulser à Tournay. Et de fait: pour raison du procez qu'il a eu depuis peu au Parlement, pour vne vsurpation contre vn nommé du Clou, cy deuant Portier de la Porte S. Marcel, pour raison d'vn Rempart, & deux Tours joignant ledit College, & qui ont esté données par le Roy Philippe IV. il a esté obligé d'en faire compulser vn Titre audit lieu de Tournay, n'en ayant pû rien trouuer à la Chambre des Comptes de cette Ville, & que si ledit Titre estoit entre ses mains, il nous le representeroit volontiers; & qu'il estoit entre les mains de Mr l'Huillier d'Orville, Conseiller en la grand' Chambre, n'agueres decedé. Et a dit de plus, que lors qu'il fut pourueu dudit College, que les lieux estoient totalement en ruine, qu'il les a restablis en l'estat qu'ils sont à present, & qu'il luy en a cousté plus de douze mil liures qu'il a employé, partie de son patrimoine (ainsi qu'il peut justifier par les quittances qu'il en peut recouurer) & peut deuoir encores plus de douze cens liures pour les reparations qu'ils a faites depuis peu, dont son reuenu est saisi. Pour ce qui est des quittances des Ouuriers, qu'il ne les peut presentement representer, pour ne les auoir en sa possession à present.

Lecture faite desdites responses, a refusé de signer quelque sommation, & injonction que nous luy auons faite.

Et l'ayant aduerty qu'il auoit obmis de comprendre & faire inserer au susdit estat ou memoire du reuenu dudit College, vn Ieu de Paulme qu'il nous vient de dire estre situé prés la Porte de Saint Marcel, & auoir esté aliené du Domaine dudit College: nous a dit, qu'il luy suffisoit d'estre inquieté, sans estre cause que les autres le soient aussi.

Lecture faite, a de rechef refusé de signer, apres l'auoir interpellé de ce faire, & à luy declaré que pour son refus nous signerions sa response.

Sur quoy Nous Commissaires susdits auons donné acte audit Alexandre de ses dires & declarations; & ordonné que ses responses par luy presentement faites, seront par Nous signées pour son refus, & que les bastimens dudit College de Tournay, seront visitez par Maistre Michel Villedot, Maistre general des œuures de Massonnerie des bastimens du Roy, & l'vn des Iurez Massons de cette ville de Paris, pour en estre par luy dressé son rapport, & sur le tout y estre pourueu, ainsi que de raison: Et à cette fin ledit Villedot mandé pardeuant Nous auons de luy pris le serment, en tel cas requis & accoustumé.

Du 23. Nouembre 1637.

Et aduenant le Lundy 23. iour de Nouembre audit an 1637. Nous Commissaires susdits serions de rechef transportez audit College de Boncour, où estans en la Salle d'iceluy, aurions mandé ledit Maistre Philippe Gallandius, auquel suiuant nos precedens Iugemens, & Commission, mesme nostre Ordonnance, que luy aurions fait signifier le 12. de ce mois, luy aurions enjoint de nous representer les Titres concernans le reuenu, & biens appartenans audit College, les Dotations & Fondations d'iceluy, & generalement l'estat en quoy consistent les biens & reuenu dudit College, & Charges d'iceluy, luy ayans à cet effet sur sa requisition donné diuers delais.

Par ledit Gallandius a esté dit, que dés le 5. de Septembre dernier, il nous a mis és mains, Copie collationnée aux Orignaux des principaux Titres dudit College, suiuant l'Inuentaire mentionné en nostre present Procez verbal : qu'il a encores autres Titres concernans ledit College, qui ne sont en ses mains, ains en celles de son Procureur de la Cour, & requiert vn delay pour les representer, & satisfaire à la volonté du Roy, & à nostre Ordonnance : Et que ledit College de Boncour consiste en trois arpens ou enuiron de terre, dont la plus grande partie ont esté acheptez des deniers des predecesseurs dudit Gallandius, lesquels ont fait bastir & construire de leurs deniers les bastimens qui sont à present dans ledit College, lequel College n'a autre reuenu que les Chambres & lieux d'iceluy, qui seruent pour payer les Regents qui font les Classes. pour entretenir lesquels logis & bastimens dudit College, il a déboursé plus de trente mil liures.

Que dés le onziesme Aoust dernier, par Lettres Patentes de Sa Majesté, il a baillé la Coadjutorerie dudit College, que Maistre Claude Blampignon Maistre és Arts en l'Vniuersité de Paris, est son Coadjuteur suiuant les Lettres de Sa Majesté, seellées dés le onziesme Septembre dernier ; de sorte que les affaires ont changé de face : Que ledit Blampignon a interest à l'affaire. GALLAND.

Luy aurions remonstré que les Titres qu'il nous auoit mis entre les mains sont de fort peu de consequence, dont nostre Procez verbal est chargé ; n'y ayant qu'vne copie collationnée d'vne ancienne fondation dudit College, du 12 Aouſt 1570. Trois marchez de reparations faites és baſtimens dudit College, par deffunt Maiſtre Pierre Galland, & deux copies de decret de quelque portion de maiſon & iardin eſtans au derriere dudit College, de peu de conſequence: l'vn pour la ſomme de 265. liu. & l'autre de 620. l. Et que pour le delay requis, qu'il eſt inutile, apres tous les delais que nous luy auons cy-deuant accordez, & que luy eſtant depuis long-temps Principal dudit College, il a deub faire à l'inſtant de ſa priſe de poſſeſſion, perquiſition de tous les Titres dudit College, en faire inuentaire, & les tenir dans vn coffre, ſuiuant les Statuts de l'Vniuerſité, & Ordonnance du Roy: Qu'il nous doit de plus repreſenter ſes prouiſions, celles des Bourſiers, & l'eſtat particulier du reuenu, & des charges; & que pour les Lettres de Coadjutorerie par luy à nous maintenant repreſentées, ne donnent aucun droit au Coadjuteur, qu'apres ſa mort: & partant qu'il doit ſatisfaire à noſdites Ordonnances.

Ledit Gallandius a perſiſté en ſon Requiſitoire, & nous a mis encores en nos mains la copie d'vn Arreſt de la Cour du ſept Aouſt 1629. donné au profit de l'Vniuerſité de Paris, à l'encontre dudit Gallandius. Item, Copie collationnée d'vne donation faite par Maiſtre Pierre Galland à Maiſtre Guillaume Galland ſon frere, de l'année 1553. ladite Copie collationnée le XI. Septembre: Item, d'vn marché fait par ledit Maiſtre Guillaume Galland, pour bâtir & conſtruire la grande maiſon ſize ruë Clopine, de l'année 1553. Signé, GALLAND.

Sur quoy Nous Commiſſaires ſuſdits, Auons donné acte audit Gallandius de ſes dires & declarations, & ordonné que ſans auoir égard au delay par luy requis, il nous repreſentera Ieudy prochain, deux heures apres midy, en l'Hoſtel dudit Sieur de Chartres, tous & vn chacun les Papiers, Titres, Fondations, & Dotations dudit College; les Inuentaires qui en doiuent auoir eſté faits, l'eſtat au vray du reuenu & charges d'iceluy, & generalement tout ce qui deſpend de l'adminiſtration dudit College, & droits des pretendus Patrons, Fondateurs, & Dotateurs; meſme celle faite par deffunt Maiſtre Pierre Galland: ſes Lettres de prouiſion, celles des pretendus Bourſiers: Autrement, & à faute de ce faire, dans ledit temps, & iceluy paſſé comme dés à preſent & dés lors, & ſans qu'il ſoit beſoin d'autre nouueau jugement; Ordonnons que tous & vn chacun les loyers & reuenu dudit College, ſeront ſaiſis &

arrestez entre les mains des redeuables; deffenses à eux d'en vuider leurs mains, à peine de payer deux fois : jusques à ce qu'autrement en ait esté ordonné.

Du 26. Nouembre 1637.

Et aduenant le Ieudy 26. iour desdits mois & an, à ladite heure de deux heures apres midy; Nous Commissaires susdits estans assemblez en l'Hostel dudit Sieur de Chartres, y serions demeurez jusques sur les 4. heures du soir, où ledit Galland ne seroit comparu, ny personne de sa part; Aurions donné deffaut, pour le profit d'iceluy, ordonné que suiuant nostre precedent jugement, tous & vn chacun les loyers, rentes, & reuenus dudit College, seront saisis entre les mains des redeuables, & defenses à eux d'en vuider leur mains, jusques à ce que par Nous autrement en ait esté ordonné : & qu'à cet effet nous deliureront nostre Ordonnance au premier Huissier ou Sergent sur ce requis, pour executer nostre present jugement. Signé, D'ESTAMPES Euesque de Chartres.

Lettres Patentes d'vnion des Colleges de Boncour, & Tournay, au College Royal de Navarre.

Du 19. Mars 1638.

LOVIS par la grace de Dieu, Roy de France & de Navarre; A tous presens & à venir, SALVT. La faueur des Estudes, & le merite des bonnes Lettres, qui ont meu les Rois nos Predecesseurs à fonder les Colleges, instituer les Vniuersitez, & les doter de Priuileges, & de graces; nous meuuent aussi à les proteger, maintenir & augmenter; principalement és choses qui concernent la Foy, le culte, & la gloire de Dieu. Et c'est pourquoy, ayant desiré de croistre le College de Navarre, de fondation Royale, & y establir vne Communauté de Theologiens, à l'imitation de celle de Sorbonne, sur l'aduis qui nous a cy-deuant esté donné, de la deschéance, & de l'inutilité des Colleges de Boncour, & Tournay : au premier desquels n'y a exercice que de Logique, & Physique, & au dernier n'y en a point du tout : & que les Classes & autres lieux de l'vn & de l'autre College, contre leur destination sont conuertis en Sallettes, Chambres & Boutiques, loüées & occupées par diuerſes familles, d'Imprimeurs, Menuiſiers, Armuriers, Maſſons & autres ouuriers. NOVS auons par nos Lettres Patentes du 29. Decembre 1635. & 28. Iuillet 1637. deputé Commiſſaires nos amez & feaux Conſeillers les Sieurs Eveſque de Chartres, de Beaubourg Preſident, & de Montmagny Conſeiller en noſtre grand Conſeil, pour ſe tranſporter ſur les lieux, & voir l'eſtat, faire viſiter les baſtimens, s'informer des Fondations, Dotations, reuenus, & charges deſdits Colleges, & du tout faire rapport en noſtre Conſeil, où l'affaire a eſté pleinement veuë, & deliberée. A CES CAVSES, pour autres bonnes conſiderations à ce nous mouuans, & de l'aduis de noſtre dit Conſeil, & de noſtre certaine ſcience, plaine puiſſance, & authorité Royale: Nous auons annexé, vny, & incorporé, annexons, vniſſons, & incorporons perpetuellement & inſeparablement leſdits Colleges de Boncour, & Tournay, auec leurs reuenus, appartenances, & dépendances, à noſtredit College de Navarre, pour y eſtre eſtably vne Communauté de Docteurs en Theologie, à l'imitation de celle de la Maiſon de Sorbonne. Voulans neantmoins que leſdits Galland & Alexandre, Principaux deſdits Colleges de Boncour, & Tournay, & les Bourſiers fondez en iceux, ſoient pendant leur vie logez gratuitement és lieux qui ſeront aduiſez, & payez; Scauoir, leſdits Bourſiers de double diſtribution de ce qu'il leur eſt ordonné par les fondations deſdits Colleges, & leſdits Galland & Alexandre de quartier en quartier, & par aduance, des ſommes qui leur ſeront auſſi ordonnées, ſans qu'ils puiſſent prendre qualité de Principaux deſdits Colleges, les Titres en demeurant eſteints, & ſupprimez, comme dés à preſent nous les eſteignons & ſupprimons. Ordonnons en outre, qu'aduenant le decez deſdits Galland, & Alexandre, leſdites penſions ſoient reünies audit College de Navarre; à la reſerue de la ſomme deux cens liures, que nous auons affectez à la nourriture & entretenement de deux Eſcoliers en Theologie, qui demeureront audit College, demeurant au ſurplus tous les Bourſiers à la nomination des Patrons, ainſi qu'ils eſtoient auant cette vnion: Toutes les Fondations entretenuës, & leſdits Bourſiers obligez de faire le Seruice dans l'Egliſe de Nauarre, comme il auoit accouſtumé d'eſtre fait és Chappelles de Boncour, & Tournay. SI donnons en mandement à noſtre tres-cher, & feal le Sieur Seguier, Cheualier, Chancelier de France, que ces preſentes il ait à faire lire, publier, & regiſtrer és Regiſtres de noſtre grande Chancellerie, le Seau tenant, & le contenu en icelles executer par les Commissaires qui seront à ce députez, garder & obseruer inuiolablement, nonobstant l'opposition par ledit Alexandre, à l'execution de nosdites Lettres de Commission, & toutes autres oppositions ou appellations quelconques, faites ou à faire; pour lesquelles ne voulons estre differé, & dont nous auons reserué la connoissance en nostre Conseil: & icelle interdite à toutes autres Cours, & Iuges: CAR tel est nostre plaisir. Et afin que ce soit chose ferme & stable à toûjours; Nous auons à cesdites presentes, fait apposer nostre Seel; sauf en autre chose, nostre droict, & l'autruy en toutes. DONNÉ à Saint Germain en Laye au mois de Mars 1638. Et de nostre Regne le XXVII. Signé, LOVIS Et sur le remply, Par le Roy, DE LOMENIE. *Visa.* Leuë & publiée, le Seau tenant, de l'Ordonnance de Monseigneur SEGVIER, Chevalier, Chancelier de France; moy Conseiller du Roy en ses Conseils, & grand Audiancier de France present, & registrées és Registres de l'Audiance de France; A Paris, le 19. iour de Mars 1638. Signé, DE COMBES. Et seellées du grand Seau aux armes du Roy, en cire verte, auec lacs de soye rouge & verte.

Lettres Patentes de la Commission.

Du 22. Mars 1638.

LOVIS par la grace de Dieu, Roy de France, & de Navarre: A nos amez & feaux Conseillers, les Sieurs Evesque de Chartres, Conseiller en nos Conseils, de Beaubourg Conseiller en nosdits Conseils, & President en nostre grand Conseil, & de Montmagny, Conseiller en nostredit grand Conseil; SALVT. Par nos Lettres Patentes, en forme de Chartres, du present mois de Mars, publiées le Seau tenant, & registrées és Registres de l'Audiance de France, le 19. du mesme mois, cy-attachées, sous le contre-Scel de nostre Chancellerie: Nous auons pour les causes y contenuës, annexé, vny, & incorporé perpetuellement & inseparablement, les Colleges de Boncour, & Tournay, auec leurs reuenus, dépendances & appartenances à nostre College de Navarre de Paris, pour y estre estably vne Communauté de Docteurs en Theologie, à l'imitation de celle de la Maison de Sorbonne; à condition que les Principaux, & les Boursiers qui sont à present

esdits

esdits Colleges de Boncour, & Tournay, seront logez gratuite-ment és lieux qui seront aduisez, & payez de leur pension, & Bourses, & autres charges & conditions portées par lesdites Lettres; que nous entendons & voulons estre promptement executées. A CES CAUSES, bien informez de vos qualitez & suffisance: Nous vous auons commis & deputez, commettons & deputons par ces presentes, pour proceder à l'execution desdites Lettres; nonobstant tous empeschemens, oppositions ou appellations quelconques, pour lesquelles ne voulons estre differé: & dont si aucunes interuenoient, nous auons comme deuant, reserué la connoissance en nostre Conseil, & icelle interdite à tous autres Iuges. De ce faire vous donnons pouuoir, authorité, & commission speciale, par cesdites presentes: CAR tel est nostre plaisir. DONNÉ à S. Germain en Laye le XXII. iour de Mars, l'an de grace 1638. Et de nostre Regne le XXVIII Signé, LOVIS: Et plus bas, Par le Roy, DE LOMENIE. Et seellées du grand Seau de cire jaune.

Prise de possession.

Du 23. Mars 1638.

L'AN mil six cens trente-huit, le 23. iour de Mars, Nous Eleonor d'Estampes Evesque de Chartres, Conseiller du Roy, en ses Conseils d'Estat & Finances; Iacques Hector de Marle, Sieur de Beaubourg, Conseiller esdits Conseils, & President en son grand Conseil; Louis Huault, Sieur de Montmagny, aussi Conseiller esdits Conseils, & en sondit grand Conseil, Commissaires députez par Sa Majesté en cette partie, en vertu des Lettres Patentes du present mois de Mars, Signées, LOVIS; Et sur le remply, DE LOMENIE: Et seellées sur lacs de soye: & cire verte: Publiées au Seau le 19. dudit mois & an, & commission en suitte à Nous adressée, du 22. dudit mois; Nous serions presentez & comparus au College de Boncour, où estans, serions montez au lieu & Chambre où loge Maistre Philippes Galland, Principal dudit College, pour luy faire entendre le sujet de nostredite commission. Et apres auoir long-temps heurté à sa porte, se seroit presenté vne femme, à laquelle aurions demandé où estoit ledit Galland, qui nous auroit fait responce qu'elle n'estoit pas sa Seruante: & que sa Seruante estoit à la Ville, & sortie dés le matin, laquelle l'auroit enuoyée querir pour garder la maison en son absence, & croyoit qu'il estoit allé au Palais. Sur quoy pour l'execution de nostredite Commission, aurions enuoyé querir Maistre Nicolas Cornet, grand Maistre du College de Navarre, Docteur en Theologie, de la Faculté de Paris, lequel suiuant nostre Mandement seroit venu, assisté de Maistre Iean Yon, Sebastien de Saint Martin, Iacques Helies, Iean Prailly, Michel Tallendier, Iean Labbé, Pierre Guischard, André le Cochois, Iacques Pigis, Nicolas Dauolé, Edoüard Thirel, tous Docteurs & Bacheliers en Theologie de la Communauté de Navarre; comme aussi pour l'absence dudi Galland, aurions mandé Maistre Vallerien Garde, Prestre, Licentié en Droict Canon, demeurant audit College, Raimond de Roux, & Richard de Nugent, Regens en Logique & Physique dudit College: ensẽble le Portier. Ausquels aurions fait entendre ce qui étoit de la volonté du Roy, par la lecture qu'auons fait desdites Lettres, & de nostredite Commission, dont leur auons laissé copie. Et à l'instant aurions, en presence desdits Garde, de Roux, & de Nugent, & dudit Portier, mis ledit Cornet en possession réelle & actuelle dudit College, par l'entrée libre d'iceluy, tradition des clefs de la grande Porte dudit College, entrée de la Chappelle, & son de la cloche d'icelle, entrée & sortie du logis dudit Galland: Et enjoint à tous ceux qu'auons trouué dans ledit College, d'obeir audit Cornet, & le reconnoistre comme leur Chef, & Superieur; & audit Cornet de satisfaire entierement au contenu desdites Lettres: & ordonné que defenses seront faites aux locataires de payer à autres qu'audit Cornet, & luy laisser ledit logis libre au iour de Saint Iean prochain, & defenses audit Galland, au domicille duquel nous auons pareillement laissé copie desdites Lettres, parlant aux susnommez, de troubler ledit Cornet en ladite possession. Signé, Cornet, de Roux, Nugent, & de la Garde. Et delà nous Commissaires susdits, nous serions transportez au College de Tournay, où aurions conduit ledit Cornet, assisté comme dessus, où estans aurions demandé Maistre Iean Alexandre, & auroit esté répondu par Perrette Froncier sa Seruante, que ledit Alexandre estoit absent. Sur quoy Nous Commissaires susdits, pour l'execution desdites Lettres, aurions mis ledit Cornet en possession dudit College, en luy liurant les clefs de la grande Porte d'iceluy, entrant dans la Chappelle & logis du Principal, auec les injonctions cy-dessus, tant audit Cornet, audit Alexandre, que autres demeurans audit College, en presence de Michel Gaultier Iardinier dudit College, & Henry Desbos Menuisier, demeurant en iceluy College. Ainsi signé en la minutte, D'ESTAMPES, Evesque de Chartres, Hector de Marle, Huault de Montmagny, Nicolas Cornet, Henry Vauden, Iean Yon, Sebastien de S. Martin, Iacques Helies, Iean Prailly, Edoüard Tirel, Iean Labbé, Michel Tallendier, Pierre Guischard, André le Cochois, Iacques Pigis, Nicolas Davolé.

Breuet du Roy, pour la closture de la ruë Clopin, adressé aux Tresoriers de France.

Du 8. May 1638.

LE ROY ne voulant rien obmettre de ce qu'il pourra apporter de la commodité & facilité au dessein & entreprise de l'vnion des Colleges de Boncour, & Tournay, à celuy de Navarre, qu'elle a ordonné par ses Lettres Patentes du mois de Mars dernier, estre faite en vn seul corps de College, & tout d'vn tenant, sans qu'il y ait rien qui en separe les edifices, & qui puisse empescher la communication des vns & des autres: Et estant Sa Majesté aduertie qu'il se trouue vne petite ruë entre lesdits Colleges de Navarre & celuy de Boncour, qui les separe, appellée la ruë Clopin, contenant enuiron 64. toises de longueur, sur 8. pieds de largeur a vn bout, & seize à l'autre, qui font douze pieds de large, le fort rapporté au foible; laquelle elle desire estre enfermée dans lesdits Colleges: attendu que le public n'en reçoit que fort peu, ou point de commodité, & que toutes les maisons qui ont leur ouuerture dans icelle, sont des appartenances desdits Colleges vnis. Sadite Majesté en suitte & en consequence de ce qui a déja esté fait pour ladite vnion, en vertu desdites Lettres Patentes, de la commission expediée au Sieur Evesque de Chartres, & aux Sieurs de Beaubourg, & de Montmagny, & du jugement par eux sur ce rendu: A ordonné & ordonne aux Presidens & Tresoriers de France, au Bureau des Finances, estably à Paris, de commettre & deputer quelques vns d'entre eux, pour se transporter au plustost sur lesdits lieux; voir & visiter ladite ruë, informer de la commodité ou incommodité de la closture d'icelle, & de tout ce qui en dépend: & de tout dresser Procez verbal, auec leur aduis, qu'ils mettront és mains de Monsieur le Chancelier, afin d'en estre apres par icelle Sa Majesté, ordonné ce que de raison. Fait à Chantilly le 8. iour de May 1638. Signé, LOVIS : Et au bas, DE LOMENIE.

Extraict des Registres du Conseil Priué du Roy.

Du 20. Aoust 1638.

SVr ce qui a esté representé au Roy en son Conseil : Qu'en execution de ses Lettres Patentes, par lesquelles le College de Boncour est vny au College de Navarre, du mois de Mars dernier, publiées au Seau le 19. desdits mois & an ; Les Sieurs Evesque de Chartres, Conseiller en ses Conseils d'Estat, & Finances, de Beaubourg, Conseiller en sesdits Conseils, President en son grand Conseil, & de Montmagny Conseiller en sondit grand Conseil, en vertu de la commission à eux adressante, du 22. desdits mois & an, auroient mis en possession dudit College Maistre Nicolas Cornet, grand Maistre du College de Navarre, auec injonction de satisfaire aux clauses & conditions portées par lesdites Lettres : Et defenses à Maistre Philippes Galland, cy-deuant Principal dudit College, de le troubler. Et d'autant que par lesdites Lettres Sa Majesté ordonne ledit Galland auoir logement, & pension, sa vie durant, à prendre sur les reuenus d'iceluy College, à quoy n'estant point encore pourueu, il s'ingere, au prejudice desdites Lettres, & contre les defenses à luy faites par lesdits sieurs Commissaires, de vouloir receuoir les loyers des maisons dépendantes dudit College de Boncour, à quoy estoit necessaire de pouruoir. VEV par le Roy lesdites Lettres, Procez verbal desdits sieurs Commissaires, contenant la mise en possession dudit Cornet grand Maistre dudit College de Navarre, dudit College de Boncour. Autre Procez verbal desdits sieurs Commissaires, cõtenant l'affirmation & representation des quittances par les locataires des maisons, & chambres dépendantes dudit College de Boncour. Copie de fondation d'iceluy du 12. Septembre 1353. Acte de demission par ledit Galland de ladite Principauté de Boncour, entre les mains de Monsieur le Cardinal-Duc de Richelieu, pour en disposer ainsi que ledit Sieur Cardinal-Duc, aduisera bon estre ; du cinquiesme Avril dernier, Et tout consideré. LE ROY EN SON CONSEIL a ordonné & ordonne, par maniere de prouision, & iusques à ce qu'autrement en ait esté ordonné; Que ledit Galland ioüira du logement qu'il occupe à present; & outre sera payé de la somme de 700. liures de pension par chacun an, sa vie durant, par ledit grand Maistre de Navarre, de quartier en quartier, & par aduance, franche & quitte de toutes charges. A fait & fait inhibitions & defenses audit Galland, de plus à l'aduenir prendre la qualité de Principal dudit College de Boncour, ny de poursuiure les locataire & redeuables d'iceluy. Ordonne que tous les locataires des maison, chambres, & places dudit College, payeront ce qui se trouuera par eux deub audit Cornet, depuis sa prise de possession, à quoy faire, ils y seront contraints par toutes voyes deuës & raisonnables : Quoy faisant, ils en demeureront bien & valablement quittes, & déchargez; Et defenses à eux de payer à autre, à peine de payer deux fois. Et auparauant faire droit sur les reparations & meliorations pretenduës faites par ledit Galland; A ordonné & ordonne, qu'il en baillera estat dans quinzaine, pardeuant les Commissaires cy-deuant deputez par Sa Maiesté, pour la reunion dudit College, auec les pieces iustificatiues d'icelles, pardeuant lesquels, dans ledit temps, representera les comptes & employ du reuenu dudit College des années precedentes, & remettra tous & vn chacun les papiers qu'il a, concernant le reuenu d'iceluy, & se purgera par serment, que par dol & fraude, il n'a delaissé d'en auoir, pour le tout fait & rapporté, y estre fait droit ainsi que de raison. Fait au Conseil Priué du Roy, tenu à Paris, le xx. iour d'Aoust 1638. Signé, CARRE', auec Paraphe.

Extraict des Registres du Conseil Priué du Roy.

Du 20. Aoust 1638.

SVr ce qui a esté representé au Roy en son Conseil, qu'en execution de ses Lettres Patentes, par lesquelles le College de Tournay est vny au College de Navarre, du mois de Mars dernier, publiées au Seau le 19. Mars desdits mois & an, les Sieurs Evesque de Chartres, Conseiller en ses Conseils d'Estat & Finances, de Beaubourg, Conseiller en sesdits Conseils, & President en son grand Conseil, & de Montmagny Conseiller en sondit grand Conseil, en vertu de la Commission à eux adressante du 22. desdits mois & an, auroient mis en possession dudit College Maistre Nicolas Cornet, grand Maistre du College de Navarre, auec iniondion de satisfaire aux clauses & conditions portées par lesdites Lettres, & defenses à Maistre Iean Alexandre, cy-deuant Principal dudit College, de le troubler. Et d'autant que par lesdites Lettres Sa Maiesté ordonne ledit Alexandre auoir logement & pension sa vie durant, à prendre sur les reuenus d'iceluy College, à quoy n'estant point encores pourueu, il s'ingere au preiudice desdites Lettres, & contre les defenses à luy faites par lesd. Srs Commissaires, de vouloir receuoir les loyers des maisons dépendantes dudit College de Tournay, à quoy estoit necessaire de pouruoir. VEV par le Roy lesdites Lettres, Procez verbal desdits Sieurs Commissaires, contenant la mise en possession dudit Cornet, grand Maistre dudit College de Navarre, dudit College de Tournay. Autre Procez verbal desdits sieurs Commissaires, contenant l'affirmation & representation des quittances par les locataires des maisons & chambres dépendantes dudit College de Tournay. Acte de signification fait à la requeste dudit Alexandre, par lequel il declare audit grand Maistre de Navarre qu'il s'oppose à la possession par luy prise dudit College de Tournay, iusques à ce qu'il ait esté remboursé des reparations, & meliorations par luy faites aux maisons & bastimens dudit Tournay; Et outre qu'il luy ait esté pourueu de logement, & que la pension à luy reseruée par lesdites Lettres, luy ait esté reglée & assignée, du 24. Mars dernier. Extraict d'vne Sentence renduë entre l'Evesque de Tournay, & l'Archidiacre, & Chanoines du mesme lieu, du Dimanche auant la Natiuité de la Vierge, de l'an 1295. Tout consiré. LE ROY EN SON CONSEIL, A ordonné & ordonne, par maniere de prouision, & iusques à ce qu'autrement en ait esté ordonné: Que ledit Alexandre ioüira du logement qu'il occupe à present: & outre, sera payé de la somme de 300. liures de pension par chacun an sa vie durant, par ledit grand Maistre du College de Navarre, de quartier en quartier, & par aduance, franche & quitte de toutes charges: A fait, & fait inhibitions & defenses audit Alexandre de plus à l'aduenir prendre la qualité de Principal dudit College de Tournay, ny de poursuiure les locataires, & redeuables d'iceluy. Ordonne que tous lesdits locataires des maisons, chambres, & places dudit College, payeront ce qui se trouuera par eux deub, audit Cornet, depuis sa prise de possession, à quoy faire ils y seront contrains par toutes voyes deuës

& raisonnables: quoy faisant, ils en demeurerōt bien & valablement deschargez, & defenses à eux de payer à autres, à peine de payer deux fois: Et auparauant faire droit sur les reparations, & meliorations pretenduës faites par ledit Alexandre, a ordonné & ordonne, qu'il en baillera estat dans quinzaine, pardeuant les Commissaires cy-deuant deputez par Sa Majesté, pour la reunion dudit College, auec les pieces iustificatiues d'icelles, pardeuant lesquels, dans ledit temps, representera les comptes, & employ du reuenu dudit College, des années precedentes, & remettra tous & vn chacun les Papiers qu'il a concernants le reuenu d'iceluy, & se purgera par serment, que par dol & fraude il n'a delaissé d'en auoir, pour le tout fait & rapporté, y estre fait droit, ainsi que de raison. FAIT au Conseil priué du Roy, tenu à Paris le xx. iour d'Aoust 1638. Signé, CARRÉ. Auec Paraphe.

Aduis des Tresoriers de France, pour la closture des ruës.

Du 7. Septembre 1638.

LEs President, Tresoriers de France Generaux des Finances, & grands Voyers en la Generalité de Paris. Sur la Requeste à nous presentée par les Grand Maistre, Prouiseur, Principaux & Boursiers du College de Champagne, dit de Nauarre, expositiue que le Roy par ses Lettres Patentes du mois de Mars dernier, auroit ordonné, & permis la reunion estre faite en vn seul corps de College, des Colleges de Boncour, & Tournay, à celuy de Nauarre. Et d'autant qu'il se trouue vne petite ruë entre lesdits Colleges de Nauarre, & Boncour, qui les separe, appellée la ruë Clopin, contenant enuiron 64. toises de longueur, sur deux toises de largeur, où le public ne passe, & dont il ne reçoit que fort peu, ou point de commodité, pour n'y auoir aucunes maisons qui y ayent ouuerture, sinon celles qui dependent desdits Colleges, Sa Majesté par son Ordonnance du 8. May dern. auroit ordonné qu'en presence de l'vn de Nous, les lieux seroient veus, & visitez, & informé de la commodité ou incommodité, qu'apporteroit la closture de ladite ruë, pour ce fait, luy estre donné tel aduis que de raison: Requeroient qu'il nous plust commettre l'vn de nous aux fins de ladite Ordonnannce, comme plus au long le contient ladite Requeste: Nostre Ordonnance au bas d'icelle du cinquiesme Iuillet ensuiuant, par laquelle les Sieurs Santeüil & Hardy, deux de nous, auroient esté commis, pour, assistez du Procureur du Roy en ce Bureau, lesdits lieux veus, & visitez par le Maistre des Oeuures en Massonnerie des bastimens de Sa Majesté, les proches voisins presens, où deuëment appellez, dont seroit dressé Procez verbal, Rapport, Plan, & Figure, pour iceux veus, ordonner ce qu'il appartiendroit. Trois Ordonnances desdits Sieurs Commissaires, pour faire appeller tant Michel Villedot, Maistre des Oeuures de Massonnerie, que les proprietaires, & locataires de ladite ruë Clopin, & autres voisins d'icelle, pour estre presens à ladite visitation. Le Procez verbal desdits Sieurs Commissaires du 17. dudit mois de Iuillet, an present, & autres iours suiuants, contenant la visitation par eux faite de ladite ruë Clopin. Ensemble les oppositions formées, tant par les Doyen, Chanoines, & Chapitre de Nostre-Dame de Paris, eux disans Seigneurs hauts Iusticiers, & censiers des ruës d'Arras; Trauersine, & autres; mesme de ladite ruë Clopin. Les Abbé, Religieux, & Conuent de l'Abbaye Sainte Geneviefve au Mont de Paris, aussi pretendans la haute Iustice, & Voirie esdites ruës: & encores comme proprietaires d'vne maison size ruë Bordelle, au coin de ladite ruë Clopin. Maistre Iean Alexandre Principal du College de Tournay, que par la plus part des proprietaires, & locataires des maisons d'icelle ruë Clopin, & autres y adjacentes: causes & moyens desdits opposans communiquées de nostre Ordonnance ausdits grand Maistre, Prouiseur, & Boursiers de Navarre, auec leurs responses à icelles, contenant leur offres d'achepter la maison des nommez Villery, & du Fresne, size en ladite ruë Clopin, où pend pour Enseigne l'Image Saint Iean; les autres sizes en ladite ruë, dépendantes desdits Colleges de Navarre & Boncour; Ensemble de dédommager Martine Guerin vsufruitiere, sa vie durant, d'vne maison appartenante audit College de Boncour, size au bout de ladite ruë Clopin, en luy donnant l'vsufruit d'vne autre maison dépendante dudit College, size ruë Bordelle, plus commode & plus proche de l'Eglise S. Estienne sa Parroisse: Comme aussi de dédommager lesdits Abbé, & Religieux de Sainte Geneviefve, à cause de l'égoust d'vne de leur maisons, size en ladite ruë Bordelle, faisant le coin de ladite ruë Clopin. Le rapport de visitation & plan des lieux dressé par ledit Villedot Maistre des œuures de Massonnerie. Veu aussi lesdites Lettres Patentes du Roy, données à Saint

S. Germain en Laye au mois de Mars 1638. Signées, LOVIS: Et sur le reply : Par le Roy, DE LOMENIE, & seellées. Par lesquelles Sa Majesté a annexé, vny, & incorporé lesdits Colleges de Boncour, & Tournay, leurs appartenances & dépendances à celuy de Navarre : L'Ordonnance de Sadite Majesté dudit iour 8. May ensuiuant : Conclusions du Procureur du Roy, auquel le tout a esté communiqué : Ouy le Rapport desdits Sieurs Commissaires, & tout consideré.

Nostre aduis est sous le bon plaisir du Roy, & Nosseigneurs de son Conseil : Que Sa Majesté peut (s'il luy plaist) permettre ausdits grand Maistre, Prouiseur, Principaux, & Boursiers du Colle- de Navarre, de fermer & clore ladite ruë Clopin en la longueur de 64. toises : comme aussi de clore la ruë du bon Puits, à l'extremité des maisons dudit College du grand & petit Navarre, ainsi qu'il est désigné par le plan dudit Maistre des œuures de massonnerie, afin d'vnir lesdits Colleges de Boncour, & Tournay à celuy de Navarre, sans que ladite closture puisse apporter beaucoup d'incommodité au public ; à la charge de dédommager les Principaux & Boursiers desdits Colleges de Boncour, & Tournay. Ensemble d'indemniser, suiuant leur offres, les Seigneurs hauts-Iusticiers, & Censiers qui ont droict de Iustice, & Censiue esdites ruës Clopin, & du bon Puits, pour le droict d'amortissement ; comme aussi d'acheter de gré à gré desdits Villery, & du Fresne la maison à eux appartenante size en ladite ruë Clopin ; sinon, au dire de gens à ce connoissans, dont les parties conuiendront pardeuant deux de Nous, & de bailler à ladite Guerin, au lieu de la maison dont elle ioüit sa vie durant, size au bout de ladite ruë Clopin, dépendante dudit College de Boncour, vne autre maison plus commode pour en ioüir audit titre d'vsufruit, dont les parties conuiendront pareillement. De conseruer ausdits Abbé, & Religieux de Sainte Geneviefve, le dégagement de l'esgoust de la maison aussi à eux appartenant size ruë Bordelle au coin de ladite ruë Clopin, & outre que les proprietaires, & locataires des maisons sizes és ruës d'Arras, du bon Puits, Trauersine, & autres des enuirons, pouront aller à l'eau au puits du petit Navarre, sans empeschement, si mieux n'ayment lesdits grand Maistre, Prouiseur, Principaux & Boursiers dudit College de Navarre, donner vn autre puits au public, au lieu qui sera trouué plus commmode ausdites ruës, qui sera fait & parfait à leurs frais & dépens, auant que pouuoir fermer lesdites ruë Clopin, & du bon Puits. Fait au Bureau des Finances, à Paris le 7. iour de Septembre 1638. Signé, Le Febvre, de Bugnons, Fornier, Ridel, Santeüil, le Roux, Chahu, Hardy. Et plus bas par mesdits Sieurs, DE FENIL

Lettres Patentes portans permission de clore les Ruës.

Du mois d'Avril 1639.

LOVIS par la grace de Dieu, Roy de France & de Navarre, A tous presens & à venir, SALVT. Par nos Lettres Patentes en forme de Chartres du mois de Mars 1638. & pour les raisons & considerations à plein mẽtionnées en icelle: Nous auons annexé vny, & incorporé les Colleges de Boncour & Tournay, auec leur reuenus, appartenances & dépendances, à nostre College de Navarre, fondé en nostre ville de Paris, pour y estre establie vne Communauté de Docteurs en Theologie, à l'imitation de celle de Sorbonne. Et comme pour la plus grande commodité de cette vnion & establissement, il a esté jugé à propos d'enfermer & enclore dans lesdits Colleges vne petite ruë qui les separe, appellée la ruë Clopin, contenant enuiron 64. toises de longueur, sur huit pieds de largeur par vn bout, & seize à l'autre: Nous aurions renuoyé l'affaire à nos amez & feaux Conseillers, les President, & Tresoriers, Generaux de France à Paris, pour nous donner aduis de la commodité ou incommodité de ladite closture: lesquels apres auoir fait faire descente sur les lieux par deux de leur confreres, assistez de nostre Procureur en leur Bureau, & du Maistre des œuures de massonnerie, & leur rapport ouy audit Bureau, auroient esté d'aduis, sous nostre bon plaisir, que nous pouuions permettre au Grand Maistre, Prouiseur, Principaux & Boursiers de nostredit College de Navarre, de fermer & clore ladite ruë Clopin en la longueur de 64. toises; comme aussi de clore la ruë du bon Puits, à l'extremité des maisons du grand & petit Navarre, ainsi que le tout est désigné par le plan dudit Maistre des œuures de massonnerie, afin d'vnir lesdits Colleges de Boncour, & de Tournay à celuy de Navarre, sans que ladite closture puisse apporter beaucoup d'incommodité au public, aux charges & conditions toutesfois portées par ledit aduis. A CES CAVSES, desirans fauoriser en tout ce qui se pourra l'vnion des susdits Colleges, comme chose qui est pour tourner à la plus grande gloire de Dieu, & à l'vtilité publique. Et apres avoir fait voir à nostre Conseil le susdit aduis, & autres pieces cy-attachées auec iceluy, sous le contreséel de nostre Chancellerie: De l'aduis d'iceluy, & de nostre propre mouuement, pleine puissance & autorité Royalle: Nous auons conformément au susdit aduis, permis, accordé & octroyé, permettons, accordons & octroyons par ces Presentes, signées de nostre main, ausdits Grand Me, Prouiseur, Principaux, & Boursiers de nostredit College de Navarre, de faire fermer & clore ladite ruë Clopin en la longueur de 64, toises, comme aussi de clore la susdite ruë du bon puits à l'extremité dudit College du grand & petit Navarre, selon & ainsi qu'il est designé par le plan dudit Maistre des œuures de massonnerie, pour vnir & joindre par ce moyen lesdits Colleges de Boncour & Tournay à celuy de Navarre: & à cette fin, auons entant que besoin est, ou seroit, vny & annexé, comme nous vnissons & annexons par cesdites presentes aud. College de Navarre, lad. ruë Clopin sans qu'à l'aduenir elle en puisse estre distraite, ny separée, pour quelque cause & occasion que ce soit, à la charge d'indemniser par lesdits grand Maistre, Prouiseur, Principaux & Boursiers dudit College de Navarre, selon leurs offres, les Sieurs hauts Iusticiers & censiers qui ont droict de Iustice & censiues esdites ruës Clopin, & du bon Puits, pour le droict d'admortissement: Comme aussi d'acheter de gré à gré des nommez Villery, & du Fresne, la maison à eux appartenante, size en ladite ruë Clopin, au dire de gens à ce connoissans, dont les parties conuiendront pardeuant lesdits Tresoriers de France, ou deux d'entr'eux; & de bailler à la nommée Martine Guerin, au lieu de la maison dont elle ioüit sa vie durant, size au bout de ladite ruë Clopin, dependant dudit College de Boncour, vne autre maison plus commode pour en ioüir par elle audit titre d'vsufruit, dont lesdites parties conuiendront, comme dit est cy-dessus: En outre de conseruer aux Abbé, & Religieux de Sainte Geneviefve le dégagement de l'esgoust de la maison à eux appartenante, size ruë Bordelle, au coin de ladite ruë Clopin: que les proprietaires & locataires des maisons sizes és rues d'Arras, du bon Puits, Traversine, & autres des enuirons, pourront aller à l'eau du puits du petit Navarre, sans empeschement, si mieux n'ayment les grand Maistre, Prouiseur, Principaux & Boursiers dudit College de Navarre, donner vn autre puits au public, au lieu qui sera trouué plus commode ausdites rues; lequel sera fait & parfait, à leurs frais & despens, auant que de pouuoir fermer lesdites rues Clopin, & du bon puits, le tout selon & ainsi qu'il est porté par le susdit aduis des Tresoriers de France. SI donnons en mandement à nos amez & feaux Conseillers les gens tenans nostre Cour de Parlement, President, & Tresoriers generaux de France, au Bureau de nos Finances, estably à Paris, & autres Iusticiers & Officiers qu'il appartiendra, que ces presentes ils ayent à faire publier & enregistrer, & le contenu en icelles garder, obseruer, & faire executer selon leur forme & teneur : cessant & faisant cesser tous troubles & empeschemens au contraire : CAR tel est nostre plaisir. Et afin que ce soit chose ferme & stable à tousiours, nous auons fait mettre nostre Seel à cesdites presentes ; sauf en autres choses nostre droict, & l'autruy en toutes. DONNE' à Saint Germain en Laye au mois d'Auril 1639. Et de nostre Regne le XXIX. Signées, LOVIS. Et sur le reply : Par le Roy, DE LOMENIE. Et scellées sur lacs de soye du grand Seau de cire verte.

Lettres Patentes addressées au Parlement, pour la verification des des deux autres.

Verifiées en Parlement le 14. Decembre 1639.

LOVIS par la grace de Dieu, Roy de France, & de Navarre ; A nos amez & feaux Conseillers les gens tenans notre Parlement, SALVT. Par nos Lettres Patentes en forme de Chartres, du mois de Mars 1638. & pour les raisons & grandes considerations à plain mentionnées en icelles ; Nous aurions vny, annexé & incorporé les Colleges de Boncour & Tournay, auec leurs reuenus, appartenances & dépendances à nostre College de Navarre, fondé en nostre bonne Ville de Paris, pour y estre establie vne Communauté de Docteurs en Theologie, à l'imitation de celle de Sorbonne, comme plus au long est contenu ausdites Lettres, addressées à nostre tres-cher & feal le Sieur SEGVIER, Chevalier, Chancelier de France, qui auroit icelle fait publier au Seau le XIX. dudit mois de Mars : Et comme pour plus grande commodité de cette vnion & establissement, il auoit esté jugé à propos d'enfermer & enclore dans lesdits Colleges vne petite ruë qui les separe, appellée la ruë Clopin, contenant enuiron 64. toises de longueur, sur huit pieds de largeur par vn bout, & 16. à l'autre.

Nous, de l'aduis de nos amez & feaux Conseillers les Tresoriers de France, par autres nos Lettres Patentes du mois d'Auril dern. aurions accordé, octroyé & permis au grand Mᵉ Prouiseur, Principaux & Boursiers de nostredit College de Navarre, de faire fermer & clore ladite ruë Clopin; laquelle entant que besoin est, ou seroit, nous aurions vnie & annexée audit College de Navarre, sans qu'à l'aduenir elle en puisse estre separée pour quelque cause & occasion que ce soit, le tout aux clauses & conditions contenuës esdites Lettres dud. mois d'Auril, à vous adressãtes, & à la verification & enregistremẽt desquelles vous pourriez faire dificulté de proceder, n'ayant eu connoissance des precedentes, d'vnion desd. Colleges de Boncour, & Tournay, audit College de Navarre, pour ne vous auoir esté adressées, esquelles Lettres les fondations desd. Colleges de Boncour, & Tournay sont entierement entretenues, le nombre des Boursiers conserué, auec augmẽtation de moitié de leur bourses & logement, & la nomination desdites bourses demeurant aux Patrons comme auparauant : & au lieu des deux Principaux qui sont à present esdits Colleges, dont la qualité demeure esteinte & supprimée, sont fondées deux bourses pour deux Escholiers estudians en Theologie, ausquels aussi outre le logement, sera baillé à chacun cent liures par an, à la nomination de ceux qui nommoient ausdites Principautez, pour auoir ladite fondation lieu apres la mort desdits Principaux, au regard desquels nous auons taxé leurs pensions par chacun an, leur vie durant, payable de quartier en quartier, & par aduance: sçauoir, à celuy de Boncour 700. l. & à celuy de Tournay la somme de 300. l. aussi auec les logemẽs qui leur sont assignez & baillez gratuitement, & sans pouuoir prendre qualité de Principaux desdits Colleges, comme le tout est plus amplement porté par nosdites Lettres du mois de Mars 1638. & Auril dernier, que nous voulons estre mises à deuë & entiere execution. Si vous mandons & commettons, & neantmoins enioignons tres-expressément par ces presentes, que nosd. Lettres Patentes dudit mois de Mars 1638. attachées sous le contreseel des presentes, & celles dudit mois d'Auril 1639. à vous adressantes; vous ayez à faire publier au plustost & enregistrer, & le contenu en icelles, garder, obseruer, & faire executer, selon leur forme & teneur, cessant & faisant cesser tous troubles & empeschemens generalement quelconques au contraire: Quoy que lesdites Lettres du mois de Mars, ne vous ayent esté adressées, & lesquelles nous vous addressons par ces presentes. Car tel est nostre plaisir, DONNE' à Peronne le XIIII. iour de Iuillet 1639. Et de nostre regne le XXX. Signé, LOVIS : Et plus bas, Par le Roy, DE LOMENIE. Registrées : Ouy le Procureur General du Roy, pour estre executées selon leur forme & teneur : aux charges contenuës en l'Arrest de ce iour. A Paris, en Parlement le 14. Decembre 1639. Signé, DV TILLET. Lesdites Lettres seellées du grand Seau, aux Armes du Roy, en cire jaune.

Arrest de la Chambre des Vacations, pour la pension de Maistre Iean Alexandre.

Extraict des Registres de Parlement, du 19. Octobre 1639.

ENtre François Bonnefoy Bourgeois de Paris, creancier de Maistre Iean Alexandre, Principal du College de Tournay, fondé en l'Vniuersité de Paris, demandeur en Requeste par luy presentée à la Cour le 16. Septembre 1639. aux fins qu'il fut ordonné, que sur l'appel de la Sentence du Preuost de Paris, du 25. Iuin 1639. les parties auroient Audiance au premier iour ; & cependant que le demandeur sera payé par prouision de la somme de quatre cens cinquante liures sur la pension deüe audit Alexandre par le defendeur cy-apres nommé, & en faisant par ledit defendeur ledit payement, qu'il en demeurera bien & valablement quitte & deschargé enuers ledit Alexandre, & ledit Alexandre vers ledit demandeur, d'vne part. Et Mᵉ Nicolas Cornet grand Maistre du College de Navarre, defendeur, d'autre ; sans que les qualitez puissent prejudicier. Apres que le Maistre, Advocat pour ledit demãdeur a esté ouy sur la Requeste, à ce que la pension de trois cens liures soit payée, & Bechefert Substitut du Procureur general du Roy ouy, dit, que la decision de l'affaire dépend de la lecture de l'Arrest du Conseil, suiuant lequel la pension doit estre payée. La Chambre des Vacations ordonne, que les parties viendront plaider sur ledit appel, au lendemain de Saint Martin : Cependant ayant esgard à la Requeste, ordonne que la pension de trois cens liures sera payée de quartier en quartier par aduance, laquelle sera continuée à l'aduenir : ce faisant le defendeur deschargé, & retiendra ledit defendeur ses frais de saisie & arrests, lesquels la Chambre a liquidez à quatre liures parisis. Fait en Vacations le XIX. d'Octobre 1639. Signé, RADIGVES.

ARREST DE VERIFICATION DES LETTRES Patentes.

Extraict des Registres de Parlement.

Du 14. Decembre 1639.

VEv par la Cour les Lettres Patentes données à Saint Germain en Laye au mois de Mars 1638. Signées, LOVIS: & sur le reply, Par le Roy, DE LOMENIE: & seellées sur lacs de soye du grand Seau de cire verte: Par lesquelles & pour les causes y contenuës, ledit Seigneur annexe, vnit & incorpore perpetuellement & inseparablement les Colleges de Boncour & Tournay auec leurs reuenus, appartenances & dépendances, au College de Navarre, pour y estre estably vne Communauté de Docteurs de Theologie, à l'imitation de celle de Sorbonne; Voulant que Me Iean Alexandre & Philippes Galland Principaux des Colleges de Boncour, & Tournay & Boursiers fondez en iceux, soient pendant leur vie logez gratuitement, & payez: sçauoir, lesd. Boursiers de double distribution de ce qui leur est ordonné par les fondations; Et lesdits Galland, & Alexandre de quartier en quartier des sommes qui leur seront ordõnées, sans qu'ils puissent prendre qualitez de Principaux desdits Colleges, les Titres en demeurans esteins & supprimez, & les pensions desdits Galland & Alexandre reunies aud. College de Navarre, apres leur mort, à la reserue de la somme de deux cent liures qui demeurera affectée à la nourriture & entretenement de deux Escoliers de Theologie qui demeureront audit College, demeurant au surplus tous les Boursiers à la nomination des Patrons, ainsi qu'ils estoient auant la reunion, & toutes les fondations entretenües, suiuant & ainsi qu'il est plus amplement porté par lesdites Lettres. Autres Lettres Patentes données à Saint Germain en Laye, au mois d'Avril 1639. Signées, LOVIS: Et sur le reply, par le Roy, DE LOMENIE. Et seellées sur lacs de soye, du grand Seau de cire verte: Par lesquelles ledit Seigneur permet au grand Maistre, Prouiseur, Principaux & Boursiers dudit College de Navarre, de faire fermer & clore la ruë Clopin, en la longueur de 64. toises: Comme aussi de clore la ruë du bon puits à l'extremité des maisons du College du grand & petit Navarre, selon & ainsi qu'il est designé par le plan du Maistre des œuures de Massonnerie: & à cette fin vnit & annexe audit College de Navarre ladite ruë Clopin, à la charge d'indemniser par lesdits grand Maistres, Prouiseur, & Boursiers, selon leurs offres, les Sieurs hauts Iusticiers, qui ont droict de justice & censiue esdites ruë Clopin, & du bon Puits : Ensemble les particuliers desquels il sera besoin d'acheter les maisons, qui pourront y auoir interest ; le tout suiuant l'aduis des Tresoriers de France, & ainsi qu'il est plus amplement porté par lesdites Lettres. le Procez verbal de descente faite sur lieux par lesdits Tresoriers de France, leur rapport & aduis attachez sous le contreseel. Autres Lettres Patentes du 14. Iuillet dernier, par lesquelles est mandé à la Cour, de proceder à l'enregistrement desdites Lettres du mois de Mars 1638. & Avril 1639. Requeste par lesdits grand Maistre, Prouiseur, Principaux, Boursiers & Chappelains dudit College de Navarre, à la Cour presentée le 5. Aoust audit an, afin de verification desdites Lettres : Conclusions du Procureur General du Roy: Et tout consideré. Ladite Cour a ordonné, & ordonne, que lesdites Lettres seront registrées au Greffe d'icelle, pour estre executées selon leur forme & teneur : Et neantmoins ne pourront faire fermer & clore la ruë Clopin, qu'au prealable ils n'ayent remboursé actuellement les opposans des dommages & interests par eux pretendus, pour lesquels les parties contesteront pardeuant Maître Dreux Hennequin Conseiller du Roy en icelle, qu'elle a pour ce commis. FAIT en Parlement le XIIII. Decembre 1639. Signé, GVYET.

AVTRE ARREST CONTRE ALEXANDRE, opposant à la Verification.

Extraict des Registres de Parlement,

Du 14. Mars 1640.

VEV par la Cour le deffaut obtenu en icelle, par les grand Maistre, Prouiseur, Principaux & Boursiers du College Royal de Champagne, dit Navarre, demandeurs en execution d'Arrest de ladite Cour du 14. Decembre 1639. suiuant la Requeste par eux presentée le 22. desdits mois & an, contre Me Iean Alexandre defendeur. La demande sur le profit dudit defaut, signification d'iceluy

luy au Procureur du defendeur, & ce que les demandeurs ont produit; Tout consideré. Dit a esté, que ledit defaut a esté bien & deuëment obtenu, & pour le profit d'iceluy, ladite Cour, sans auoir esgard à l'opposition dudit defendeur, de laquelle l'a débouté: Ordonne qu'il sera passé outre à l'execution des Lettres Patentes du Roy du 14. Iuillet 1639. & Arrest du 14. Decembre dernier: & condamne ledit defendeur és despens de l'instance dudit defaut, & de ce qui s'en est ensuiuy. Prononcé le 12. May 1640. Signé, GVYET.

AVTRE ARREST CONTRE ALEXANDRE & autres opposants.

Extraict des Registres de Parlement.

Du 7. Septembre 1640.

ENtre les grand Maistre, Prouiseur, Principaux, & Boursiers du College Royal de Nauarre, demandeurs en execution d'Arrest du 14. iour de Decembre 1639. & à l'enterinement d'vne Requeste du 22. dudit mois, d'vne part. Et les Abbé, Religieux, Prieur & Conuent de Sainte Geneviefve du Mont en cette Ville de Paris, tant en leur nom que prenans fait & cause pour Maistre Pierre Cadot, Advocat, & Greffier de ladite Abbaye de Sainte Geneviefve, leur locataire d'vne maison size au coin de la ruë Clopin; ledit Cadot, Pierre Lucas, dit S. Denis, Exempt du Lieutenant Criminel de Robbe courte au Chastelet de Paris, Guillaume Cisterne garde des plaisirs du Roy, en la garenne du Louure, Mathurin Auglard, Sergent, garde & garennier du bois de Vincienne, Anthoine Aurias, Guillaume Estienne, Matthieu Gaudin au nom & cõme soy disant auoir charge de Nicole Maguerre sa mere, Guy le Coudois, à cause de Catherine Gaudin sa femme, & Marie Gaudin, Robert Mallet, Bougeois de Paris, Pierre Beaufour Maistre Sauetier, & Marie Guyard veufve de feu Iean du Tertre; Marchand de Vins, & aussi Bourgeois de Paris: Les Doyen, Chanoines, & Chapitre de l'Eglise de Paris, Martine Guerin, veufve de feu Maurice Goussélin, viuant Marchand de Vins, Bourgeois de Paris, Iacques Villery, & Iacques du Fresnay, à cause de leur femmes, Maistre Nicolas Laffilé, Prestre, Chanoine en l'Eglise S. Honoré, de Paris, Maistre Estienne Cuissot, Huissier ordinaire du Roy en ses Chambres des Comptes, & Tresor à Paris, Claude Dupuis, veufve de deffunt Charles Brochard, tant en son nom, que comme tutrice de ses enfans, Maistre Iean Alexandre, Prestre, Maistre és Arts en l'Vniuersité de Paris, & Principal au College de Tournay; tous opposans : Et encore les Religieux, Prieur, & Conuent de l'Abbaye Royale de Saint Victor, les Paris : les Gouuerneurs des pauures enfermez de cette Ville de Paris : & les Preuost des Marchands, & Escheuins de cette Ville de Paris, interuenans, d'autre part. Veu par la Cour ledit Arrest du 14. iour de Decemb. 1639. par lequel il est ordonné que les Lettres patentes des mois de Mars 1638. d'Avril, & Iuillet audit an, pour l'vnion des Colleges de Boncour & Tournay audit College de Navarre, & pour la permission de faire fermer & clore dans iceux la ruë Clopin, en la longueur de 64. toises; comme aussi de clore la ruë du bon puits, à l'extremité des maisons du College du grand & petit Navarre, & à cette fin, vnit, & annexe Sa Maiesté, audit College de Navarre, ladite ruë Clopin, à la charge d'indemniser par lesdits grand Maistre, Prouiseur, Principaux, & Boursiers, selon leurs offres, les Sieurs hauts Iusticiers, qui ont droict de Iustice & Censiue esdites ruës Clopin, & du bon puits : Ensemble les particuliers desquels il seroit besoin d'acheter les maisons qui pourront y auoir interest, suiuant l'aduis des Tresoriers de France; & seront registrées au Greffe de ladite Cour, pour estre executées selon leur forme & teneur : Et neantmoins que lesdits du College ne pouurront faire fermer & clore lad. ruë Clopin, qu'au prealable ils n'ayent remboursé actuellement les opposans des dommages & interests par eux pretendus, pour lesquels les parties contesteront pardeuant le Conseiller en icelle pour ce commis. Ladite Requeste dudit iour 22. dudit mois, tendante à ce que lesdits opposans fussent assignez pardeuant ledit Conseiller, pour contester sur leusdits dommages & interests, suiuant ledit Arrest; sinon à faute de ce faire par eux, qu'ils seront deboutez de leur oppositions, auec despens, & permis ausdits de Navarre de faire clore, & fermer ladite ruë. Procez verbal du 29. dudit mois de Decembre, & autres iours suiuans, contenant les comparutions desdites parties, & les dires & requisitions d'aucuns d'icelles, & pour estre chacun desdommagé du preiudice qu'ils pourroient receuoir à cause de ladite closture & fermeture de ladite ruë Clopin, & de celle du bon puits : Sçauoir, lesdits de Sainte Genevieſve, Doyen, & Chapitre de Paris, comme Seigneurs haut Iuſticiers des lieux : Et encore iceux de Sainte Genevieſve, comme proprietaires de ladite maiſon ſize au coin d'enhaut de ladite ruë Clopin, dans la ruë Bordelle, où demeure ledit Cadot leur Greffier ; leſdites Martine Guerin, Iacques Villery, & Charles du Freſnay, à cauſe de leurs femmes, pour le prix & valeur d'vne maiſon à eux appartenant, ſize dans ladite ruë Clopin, enclauée dans ledit College de Boncour : Et encore ladite Guerin pour la iouiſſance & vſufruit ſa vie durant, d'vne autre maiſon dont la proprieté appartient audit College de Boncour. Et leſdits Laffilé, Cuiſſot, Dupuis, Pierre Lucas, Mathurin Auglard, & les autres oppoſans, comme proprietaires des maiſons ſizes dans les ruës d'Arras, ruë du bon puits, ruë Trauerſine, & autres ruës circonuoiſines & adiacentes, pour le preiudice que tous en general, & chacun d'eux en particulier en peuuent receuoir. Repliques deſdits de Navarre, & conteſtations deſdites parties, ſur quoy le Conſeiller auroit ordonné que ledit Arreſt de verification, ſondit procez verbal, & ce que bon ſembleroit auſdites parties, ſeroit mis pardeuant luy, pour en eſtre fait rapport à la Cour, & par elle eſtre ordonné ce que de raiſon. Les eſcritures & productions deſdits de Navarre, Sainte Genevieſve, & Cadot : Doyen & Chapitre de l'Egliſe de Paris, Martine Guerin, Villery, & du Freſnay, Cuiſſot, Iean Alexandre, Robert Mallet, Pierre Lucas, Mathurin Auglart : & tous les autres oppoſans, à l'exception dudit Laffilé, de ladite Dupuis, qui ont eſté forclos. Requeſte de ladite Guerin, & deſdits Villery, & du Freſnay, du quatrieſme iour de Iuillet dernier, par laquelle ils declarent pour ſe liberer de procez, qu'ils ſont preſts & acceptent de vendre & delaiſſer ladite maiſon & lieux enclauez dans ledit College de Boncour, pour la ſomme de 8500. liures, qu'elle a eſté eſtimée par le procez verbal de deſcente des Treſoriers de France, & du rapport du Maiſtre des œuures de maſſonnerie, datté du 17. Iuillet 1638. ſans preiudice de leurs dommages, & intereſts, pour leſquels ils ſont preſts de conuenir d'Experts, offrans en leur payant ladite ſomme, & les aduertiſſant trois mois auparauant qu'ils voudront faire trauailler à ladite cloſture, de laiſſer icelle maiſon libre & vague : & ſans preiudice auſſi à ladite veufue pour l'vſufruit de la maiſon, dont elle iouyt à preſent, de ſes dommages & intereſts ; Sur quoy auroit eſté donné acte aux ſupplians : & ordonné ladite Requeſte estre communiquée, & mise au sac. Les Requeste d'interuention & conclusions desdits de S. Victor, & Gouuerneurs des pauures enfermez, tendant à ce qu'il fut ordonné, que les passages de l'eau de la fontaine de Rongis par lesdites rues Bordelle, ruë Clopin, & rue d'Arras, où en sont apposez les canaux & tuyaux, par où iournellement affluent lesd. eaux en leurs maisons, leur seront maintenus & conseruez en leur entier, pour si besoin est y voir & trauailler, selon & ainsi qu'il est ordinaire & accoustumé és occasions, auec despens, dommages, & interests. Responses & defenses desdits de Navarre; Appointement en droict, & ioint au principal: Escritures & productions des parties. La Requeste & moyens desdits Preuost des Marchands, & Escheuins, tendante à ce que lesdits de Navarre soient condamnez, en s'accommodant desdites rues Clopin, & ruë du bon puits, de satisfaire lesdits Religieux de S. Victor, & autres qu'il appartiendra de leursdites demandes & conclusions. Responses & appointement en droict, & ioint aussi audit principal, portant acte ausdites parties; de ce que pour escritures & productions ils ont respectiuement employé ce qui auroit esté déja escrit & produit en ladite instance principale, auec ladite Requeste d'interuention: Conclusions du Procureur General; Et tout consideré. Dit a esté; La Cour, sans auoir esgard aux oppositions desdits Lucas, Cisterne, Auglard, Aurias, Guillaume Estienne, Matthieu Gaudin, esdits noms, Guy le Coudois, & Catherine Gaudin sa femme, Marie Gaudin, Robert Mallet, Pierre du Gué, Pierre Beaufour, Marie Guyart, Nicolas Laffilé, Estienne Cuissot, Claude du-puits veufue, & Iean Alexandre Prestre: & à l'interuention desdits Preuost des Marchands & Escheuins de cette Ville de Paris: A ordonné & ordonne, que ledit Arrest du 14. iour de Decemb. 1639. sera executé; Et en ce faisant, ladite ruë Clopin fermée en la longueur de 64. toises: & celle du bon puits, à l'extremité des maisons dudit College du grand & petit Navarre, ainsi qu'il est désigné par le plan de Villedot, Maistre des œuures de massonnerie, en datte du 17. Iuillet 1638. pour demeurer lesdites rues vnies à perpetuité audit College de Navarre, auquel sont annexez lesdits Colleges de Boncour & Tournay; apres toutesfois que lesdits de Navarre auront payé comptant à ladite Martine Guerin veufue, & ausdits Villery, & du Fresnay ses gendres, la somme de 8500. liures, pour le prix de leurdite maison, size au dedans de ladite rue Clopin, en consequence de leur consentement porté par ladite Requeste dudit iour 14 Iuillet dernier ; & apres aussi qu'ils auront payé le droict d'admortissement d'icelle aux Seigneurs, en la Censiue desquels elle est assize, & sans qu'ils puissent desloger lesdits Villery, & du Fresnay, qu'vn quartier apres celuy dans lequel ils auront fait le payement de ladite somme, pour lequel quartier iceux Villery, & Fresnay ne seront tenus d'aucuns loyers. Ordonne ladite Cour, que lesdits du College de Navarre donneront à ladite Martine Guerin, vne maison de pareille grandeur, & valleur, que celle qu'elle occupe à present, proche & au dedans de la Paroisse de Saint Estienne, pour en ioüir par elle par maniere d'vsufruit, & sa vie durant, comme celle dont elle ioüit à present, & où elle est demeurante, dépendante dudit College de Boncour : Comme pareillement, qu'ils feront faire à leur frais & despens, vn puits de grandeur competente, & au lieu qui sera trouué le plus commode, pour lesdites ruës d'Arras, Trauersine, & autres, pour le seruice du public : Et aussi qu'à leur frais & despens, ils feront changer & leuer les tuyaux passant de present dans ladite ruë Clopin, seruans à la conduite des eaux desdits de S. Victor, & pauures enfermez ; & les feront à leursdits frais & despens, refaire, & réedifier, poser & passer par la ruë qui descend deuant la principale porte dudit College de Navarre, & de là par le commencement de ladite ruë Trauersine, iusques le long de la ruë de Saint Nicolas du Chardonnet, pour du long de la ruë S. Victor, aller gagner & ioindre les tuyaux par où lesdites eauës se conduisent à present par la porte S. Victor ; & sans qu'ils puissent en aucune façon faire fermer & clore lesdites ruës, qu'ils n'ayent satisfait à tout ce qui est cy-dessus. Ordonne aussi qu'ils laisseront à perpetuité ausdits Religieux, Abbé, & Conuent de Sainte Geneviefve, & audit Cadot leur Greffier, les veuës de la maison où demeure ledit Cadot, ainsi qu'elles sont à present : Comme pareillement les esgoust d'icelle maison. Et auant faire droict sur les pretentions desdits de Sainte Geneviefve, & du Chapitre de Paris, pour raison des dommages & interests qu'ils pretendent, à cause de leur Iustice, au moyen de ladites closture : Ordonne que les parties contesteront plus amplement pardeuant ledit Conseiller à ce commis, pour ce fait & rapporté, ordonner ce que de raison : Et le tout sans despens. Prononcé le septiesme Septembre 1640. Signé, GVYET.

Arrest contre Maistre Antoine Potier, soy disant Principal du College de Boncour.

Extraict des Registres de Parlement. Du 10. Ianuier 1641.

ENtre Maistre Nicolas Cornet, Docteur en Theologie, Grand Maistre du College Royal de Champagne, dit Navarre, demandeur en Requeste par luy presentée à la Cour le vingt-sixiesme Nouembre 1640. tendante à ce qu'il plust le receuoir opposant à la prise de possession que le defendeur a prise depuis peu de iours du College de Boncour, reuny par Lettres Patentes de Sa Maiesté à celuy, dit de Navarre. La seconde du 28. dudit mois, à ce que ledit grand Maistre soit receu à prendre le fait & cause pour Nicolas Deschamps, Nicolas de la Vigne, Adrien Chardin, & tous les autres locataires, debiteurs dudit College de Boncour, entre les mains desquels Me Antoine Potier a fait saisir tous les loyers par eux deubs, & soustenir que mal à propos ledit defendeur a fait faire toutes lesdites saisies, & arrests entre les mains desdits locataires; que main-leuée en sera faite audit demandeur, auec despens, dommages & interests, d'vne part. Et Maistre Antoine Potier, defendeur d'autre; sans que les qualitez puissent preiudicier. Apres que de Massac, & Iean, Advocat & Procureur du demandeur, a demandé deffaut : & pour le profit l'appointement aduisé au Parquet des Gens du Roy, signé du Procureur General, desdits de Massac, & Iean, estre receu : Et Patin Huissier a rapporté de l'Ordonnance de la Cour, auoir appellé le defendeur, & Marin son Procureur : La Cour a donné defaut au demandeur contre le defendeur : Et adiugeant le profit d'iceluy, ordonne que l'appointement sera receu : Et ce faisant conformement à iceluy. Ouy, sur ce le Procureur General; A ordonné, & ordonne, que sur le principal les parties auront Audiance au premier iour : Et cependant, a fait & fait main-leuée aud. demandeur desd. saisies & arrests faits entre les mains des locataires, & debiteurs dudit College de Boncour, à la requeste dudit defendeur, despens, dommages & interests reseruez en definitiue. Fait en Parlement le dixiesme Ianvier mil six cens quarante-vn. Signé, GVYET.

Arrest contre Maistre Iean Alexandre.

Extraict des Registres de Parlement, du 5. Feurier 1641.

ENtre Maistre Iean Alexandre, cy-deuant Principal, & les soydisans Boursiers du College de Tournay, fondé en l'Vniuesité de Paris, demandeurs à l'enterinement d'vne Requeste par eux presentée à la Cour le vnziesme Ianvier dernier, à ce que l'instance d'opposition faite à la requeste du defendeur, cy-apres nommé, par Exploit du quatriesme du mois de Ianvier, soit éuoquée en la Cour, auec defenses de faire poursuitte ailleurs qu'en ladite Cour, à Maistre Nicolas Cornet, & tous autres, de troubler & empescher les demandeurs en la possession & iouyssance dudit College; leur faire plaine & entiere main-leuée des saisies faites sur le reuenu dudit College: ce faisant que les locataires seront tenus de vuider leurs mains en celles dudit Alexandre, de ce qui est par eux deub, & escheu; deueront & escherra cy-apres, à cause des chambres, maisons, & lieux qu'ils tiennent dépendans dudit College; seront tenus d'exhiber leur baux, & quittances: & qu'en faisant lesdits payemens, ils seront & demeureront valablement quittes, & deschargez enuers & contre tous, d'vne part. Et Maistre Nicolas Cornet, grand Maistre, & les Prouiseur, Principaux & Boursiers dudit College, defendeurs, & demandeurs en main-leuée, suiuant l'Exploit du quatriesme Ianvier dernier, d'autre part: sans que les qualitez puissent nuire ny preiudicier aux parties. Apres que Iean Procureur dudit dudit College de Navarre, a demandé defaut, & pour le profit, l'appointement aduisé au Parquet des Gens du Roy, ausquels suiuant les Ordonnances de la Cour, les Advocats & Procureurs ont communiqué; & en la presence de Maistre Iean Alexandre, n'agueres Principal dudit College de Tournay, & du Prouiseur de Navarre: Et que lecture a esté faite des Lettres Patentes du Roy, portant reunion des Colleges & Bourses de Tournay, verifiées en cette Cour, par Arrest du 4. Decembre 1639. & des Arrests donnez en consequence en ladite Cour, au profit dudit College de Navarre, les 7. Septembre 1640. & 10. Ianvier 1641. tant contre ledit Alexandre, que Potier, signé du Procureur General, & de luy estre receu; Doussin Huissier a rapporté, de l'Ordonnance de la Cour, auoir appellé ledit Alexandre, & consorts, &

Baignault leur Procureur. La Cour a donné defaut aufdits du College de Navarre, contre ledit Alexandre, & confors : & pour le profit d'iceluy a receu l'appointement; & ce faisant cõformement à iceluy; Ouy sur ce le Procureur General, du consentemẽt du defendeur, a éuoqué & euoque a elle l'instance d'opposition faite à la requeste dudit Cornet, par ledit exploit du 4. Ianvier dernier; Ordonne que les parties y viendront proceder, suiuant les derniers erremens : Et cependant ladite Cour en consequence desd. Lettres Patentes, verifiées en lad. Cour, portant reunion desdits Colleges de Boncour, & Tournay, en consequence desdits Arrests, a fait & fait main-leuée audit Cornet, & College de Navarre, de toutes les saisies faites, tant à la requeste dudit Alexandre, que des soy disans Boursiers dudit College de Tournay, entre les mains des locataires des maisons, chambres, & lieux dépendans dudit College : Ce faisant, que lesd. locataires de Tournay vuidrõt leurs mains en celles dudit grand Maistre de Navarre, de tous les deniers par eux deubs, à cause desdits loyers : Et à ce faire lesdits locataires contraints par corps, comme dépositaires de biens de Iustice; nonobstant toutes saisies faites ou à faire, ou appellations quelconques : En quoy faisant ils en demeureront valablement quittes, & déchargez, tant enuers ledit Alexandre cy-deuant Principal, que desdits soy disants Boursiers, & tous autres; despens, dommages & interests reseruez en definiue. Et sera la pension adiugée audit Alexandre, payée par ledit Cornet : Comme aussi ce qui se trouuera deub aux Boursiers dudit College, suiuant la fondation, & Arrests des 14. Decembre 1630. & 7. Septembre 1640. Fait en Parlement le cinquiesme Fevrier 1641. Signé, GUYET.

Extraict des Registres de Parlement.

Du 19. Mars 1646.

ENtre les Boursiers, Principal, & Communauté des Escoliers du College Nostre Dame d'Arras, demandeurs en Requeste du 23. Decembre dernier, d'vne part. Et Maistre Guillaume Cliffort, & consorts Anglois, Claude Gauchy & Iean Riotte, defendeurs d'autre. Veu par la Cour ladite Requeste, & demande desdits d'Arras, à ce que les Arrests des 8. Octobre 1625. 16. Iuillet, & 3. Aoust 1627. 23. Fevrier & 22. Avril 1636. & 27. Octobre dernier, fussent executez selon leur forme & teneur: Ce faisant, que les demandeurs

seront

seront maintenus & gardez en la possession & joüissance dudit College d'Arras, fruicts, droicts, reuenus, appartenances & dépendances d'iceluy : seront tant lesdits Gauchy, & de Marines, qu'autres locataires, condamnez à vuider leurs mains & payer ausdits demandeurs les loyers saisis & escheus, & qui escherront des maisons & lieux qu'ils occupent, dépendans dudit College ; auec defenses ausd. locataires de payer à autres: qu'à ce faire ils seront contraints, comme dépositaires de biens de Iustice: Ensemble Me Pierre Mannessier, à payer & vuider ses mains des deniers receus dudit Gauchy, en celles des demandeurs, sans auoir esgard à l'opposition formée par lesdits Riotte & Gauchy, & toutes autres faites ou à faire : seroit pasśé outre ausdites executions encommencées, & vente des biens saisis sur Estienne de Marines, Gauchy, Pierre Vuillemsems & autres ; & les deniers des biens vendus, baillez aux demandeurs, iusqu'à la concurrence des loyers escheus cy-apres : Ce faisant, tant lesdits Marines, que locataires & debiteurs, en demeureront bien & valablement deschargez enuers & contre tous : Et outre, seront lesdits Cliffort & consorts condamnez à vuider incessamment des lieux qu'ils occupent audit College ; & en cas de refus leurs meubles mis sur les carreaux, & permis de faire faire ouuerture par le premier des Huissiers de la Cour, ou autre sur ce requis, nonobstant toutes oppositions faites ou à faire, pour lesquelles ne soit differé, & sans preiudice aux demandeurs de leur droits & actions, despens, dommages, & interests, soufferts & à souffrir, & recouurer contre qui & ainsi qu'ils aduiseront bon estre, & condamnez aux despens. Sur laquelle Requeste auroit esté ordonné, que les parties parleroient sommairement à l'vn des Conseillers de ladite Cour : Appointement à mettre, pris par defaut: Defenses en suitte données par ledit Gauchy ; Repliques, Productions desdits demandeurs & dudit Gauchy; Sommation de defendre & produire par ledit Cliffort & consorts, & Riotte: Requeste dudit Cliffort du 4. Ianvier dernier, par laquelle il declare n'estre Superieur ny dépẽdant de ladite Communauté des Ecclesiastiques de la Mission d'Angleterre, ny demeurant audit College, auquel il ne pretendoit aucune chose, demande d'estre renuoyé de ladite assignation auec d'espens, en consequence de ladite declaration ; ladite Requeste signifiée & mise au sac : Requeste desdits demandeurs du vnziesme iour de Ianvier dernier, à ce que prononçant sur ladite instance, defenses fussent faites audit de

Marines, Gauchy & autres locataires dudit College, de payer & vuider leur mains des deniers desdits loyers en autres, qu'en celles desdits demandeurs, à peines de payer deux fois : Ladite Requeste communiquée à partie, & mise au sac : Ouy le Rapport dudit Conseiller ; Tout consideré. Ladite Cour, auant proceder au iugement definitif dudit procez ; A ordonné, & ordonne, qu'à la diligence desdits demandeurs, les grand Maistre & Docteurs de la Communauté du College de Nauarre, & le Chancelier de l'Vniuersité, seront appellez à huittaine pour interuenir audit procez, y déduire leurs interests, & ce que bon leur semblera ; contesteront les parties entre elles à la huitaine ensuiuant, produiront, bailleront contredits & saluations dans le temps de l'Ordonnance, pour ce fait & rapporté, communiqué au Procureur General du Roy, estre ordonné ce qu'il appartiendra : despens reseruez. FAIT en Parlement le XIX. Mars 1646.

Extraict des Registres de Parlement.

Du 18. Aoust 1646.

ENtre Claude Gauchy, & François Campion, locataires du College de Tournay, demandeurs aux fins de deux Requestes des 4. & 11. Iuillet an present 1646. La premiere, tendante à ce que les procedures faites par Maistre Iean Alexandre, se disant Principal dudit College de Tournay, l'vn des defendeurs cy-apres nommez, au preiudice de l'Arrest du 19. Mars dernier, fussent declarées nulles : Et en ce faisant, que suiuant & conformément audit Arrest, ledit Alexandre seroit tenu de faire appeller les grand Maistre, & Docteurs en Theologie de la Maison de Nauarre, & le Chancelier de l'Vniuersité de Paris, pour interuenir en l'instance pendante en ladite Cour, entre la Communauté des Ecclesiastiques Anglois, & led. Alexandre, pour y déduire leurs interests : Et cependant, que deffēses seroient faites aud. Alexādre de faire faire aucunes cōtraintes pour le payement des loyers, iusques à ce que autrement par la Cour en eust esté ordonné. Et la deuxiesme, aux fins d'estre receus opposans à l'execution de l'Arrest du 28. Iuin dern. sur laquelle opposition les parties auroient Audiance au premier iour : Et cependāt surcis à l'execution dudit Arrest, d'vne part. Et lesdits Alexandre & Docteurs de Nauarre, & Maistre Iean Baptiste de Contes, Chancelier de l'Vniuersité de Paris defendeur, d'autre: Et encores entre ledit grand Maistre, & Docteurs de Navarre, demandeurs aux fins de deux Requestes des 11. Iuillet & 9. Aoust dernier. La premiere, aux fins d'estre receus parties interuenantes en ladite instance, & opposans à l'execution dudit Arrest du 28. Iuin dernier : Et la deuxiesme, aux fins qu'il plust à la Cour, en prononçant sur ladite instance d'interuention & d'opposition, ordonner qu'ils seroient maintenus & gardez auec lesdits Alexandre, & les soy disans Boursiers dudit College de Tournay, circonstances & dépendances; auec defenses, tant audit Alexandre, Boursiers, que autres, de les y troubler, sur telle peine qu'il plaira à la Cour d'ordonner, d'vne part. Et lesdits Alexandre, & pretendus Boursiers de Tournay defendeurs, d'autre: sans que les qualitez puissent preiudicier. Apres que Petit pied pour lesdits Docteurs du College de Navarre; Parmentier pour le Principal & Boursiers du College de Tournay, & de Lamet pour le Chancelier de l'Vniuersité, ont esté ouys; Ensemble Talon pour le Procureur General du Roy, qui a dit qu'il estime les Docteurs de Navarre auoir le droict, payant l'indemnité à qui est deüe; & pour le Principal luy augmenter sa pension: La Cour a receu & reçoit les parties de Petit-pied opposans : Et faisant droict à leur opposition, sans s'arrester à l'interuention; Ordonne que les Lettres obtenuës par lesdits opposans, & Arrest de verification, seront executées aux charges y contenües, & à la charge de 600. l. de pension par chacun an à la partie de Parmentier, & de son logement dans ledit College de Tournay, sans dépens. Fait en Parlement le 18. Aoust 1646. Signé, RADIGVES.

Extraict des Registres de Parlement.

Du 12. Octobre 1646.

ENtre les soy disans Boursiers, Principal & Communauté du College de Tournay, demandeurs en Requeste par eux presentée à la Cour le 27. Septembre 1646. tendante à ce que Claude Gauchy, & François Campion, & autres locataires dudit College de Tournay, soient condamnez vuider leurs mains en celles des demandeurs, des deniers qu'ils doiuent, à cause des maisons qu'ils occupent audit College; & ce nonobstant l'opposition du nommé Aubin Fontaine, de laquelle il sera debouté : Et qu'en cas que lesdits Gauchy, & Campion, & autres locataires, fissent refus d'ouurir les portes pour y asseoir execution, qu'ils seroient condamnez en tous les despens, dommages & interests des demãdeurs, ausquels il leur sera permis de les faire ouurir par le premier Serrurier, en la presence d'vn Huissier, d'vne part: Et les grand Me & Docteurs en Theologie de la Communauté du College de Navarre, proprietaires dud. College de Tournay, prenant le fait & cause pour lesdits Gauchy, & Campion leur locataires defendeurs, d'autre: Et encore lesd. grand Maistre & Docteurs en Theologie dudit College de Navarre, demandeurs en Requeste iudiciairement faite à la Cour, à ce qu'il luy plust en deboutant lesdits pretendus Boursiers & Principal dudit College de Tournay, de leur Requeste, leur faire main-leuée pure & simple de toutes les saisies faites tant à la Requeste de Maistre Iean Alexandre, soy disant Principal dudit College de Tournay, & consorts, que autres particuliers, soy disant creanciers tant dudit Alexandre, que desdits pretendus Boursiers: Et lesdits pretendus Boursiers, & Principal dudit College de Tournay, defendeurs, d'autre: sans que les qualitez puissent preiudicier. Apres que Petit-pied pour les demandeurs, a demandé congé, & requis le profit; Dudoüet a rapporté auoir appellé les demandeurs, & Philippes leur Procureur. La Chambre des Vacations a donné congé contre les demandeurs, & adiugeant le profit, les a debouté de leur Requeste: & en consequence fait main-leuée aux defendeurs des choses saisies; condamne les defendeurs és despens. Fait en Vacations le 12. Octob. 1646. Signé, RADIGUES.

ARREST DE DEBOUTE' DE LA REQUESTE Ciuile, presentée par Alexandre, contre les Arrests du 19. Mars, 18. Aoust & 12. Octobre 1646.

Extraict des Registres de Parlement.

Du 23. *May* 1647.

ENtre Maistre Iean Alexandre, Prestre, demandeur en Lettres en forme de Requeste Ciuile du 17. Avril 1647. contre les Arrests du 16. Mars, 18. Aoust, & 12. Octobre 1646. d'vne part. Et les grand Maistre, & Docteurs en Theologie de la Maison

Royale de Navarre, proprietaires du College de Tournay, defend. d'autre : Et encores entre les soy disans Boursiers dudit College, demandeurs en Requeste du 13. des presents mois & an, aux fins d'estre receus parties interuenantes en lad. instance ; & lesdits grand M^e & Docteurs en Theologie de la Maison de Navarre, & led. Alexandre, defendeurs d'autres : sans que les qualitez puissent nuire ny preiudicier aux parties. Apres que Petit-pied pour les defendeurs a demandé congé, & pour le profit debouter le demandeur de sa Requeste Ciuile, & le condamner en l'amende, & despens : Et Cheron Huissier a rapporté auoir appellé le demandeur, & Renard son Procureur ; Talon pour le Procureur General a dit, que les Aduocats ont communiqué au Parquet ; & qu'ils estoient demeurez d'accord de mettre sur la Requeste Ciuile les parties hors de Cour : La Cour a donné congé aux defendeurs, contre le demandeur, & adiugeant le profit sur les Lettres en forme de Requeste Ciuile, a mis & met les parties hors de Cour, & de procez, sans despens. Fait en Parlement le ving-troisiesme iour de May 1647. Signé, DV TILLET.

Extraict de Registres de Parlement.

Du 12. May 1649.

ENtre les grand Maistre & Communauté des Docteurs en Theologie de la Maison de Navarre, establie és Colleges de Boncour & Tournay, demandeurs en Requeste par eux presentée à la Cour le 27. Nouembre 1648. afin d'estre receus opposans à l'execution de l'Arrest du 24. Octobre audit an, obtenu par defaut par les defendeurs cy-apres nommez : Et faisant droict sur leur opposition, faire iteratiue defenses audits defendeurs, de troubler les demandeurs en la possession & iouïssance dudit College de Tournay & dépendances d'iceluy, ny de contraindre les locataires desdits Colleges de Boncour & Tournay, de payer aux defendeurs aucune chose, suiuant les Lettres Patentes & Arrests interuenus contradictoirement entre les parties, auec defenses d'y contreuenir, à peine de cinq cens liures, & de tous despens, dommages & interests, d'vne part. Et Maistre Iean Alexandre Prestre, Adrien Drouard, François Bocquet, Abel Poussin, Albert Doremieux, Charle Iouy, & Pierre de la Morliere, eux disans Boursiers, Principal,

& Communauté du College de Nostre Dame d'Arras, dit Tournay, defendeurs d'autre. Et encore entre ledit Alexandre & consors, demandeurs en Requeste du 17. Nouembre audit an, aux fins d'estre receus opposans à l'execution de l'Ordōnance apposée au bas de la susdite Requeste presentée par lesdits grand Maistre, & Docteurs de la Maison Navarre ledit iour; & y faisant droict, que lesdits defend. seront deboutez de leur opposition, auec despens, dommages & interest, d'vne part. Et lesdits grand Maistre, & Communauté des Docteurs en Theologie de la Maison de Navarre, defendeurs, d'autre; sans que les qualitez puissent preiudicier. Apres que Petit-pied Aduocat, & Taigier Procureur pour les demandeurs, a demandé defaut, & requis le profit; Gensse Huissier a rapporté auoir appellé ledit Alexandre, & autres defendeurs, & Vincent leur Procureur: La Cour a donné defaut aux demandeurs, contre les defendeurs; & adiugeant le profit, a receu & recoit les demandeurs opposans à l'execution de l'Arrest & du parlé sommairement: Et ayant esgard à l'opposition; Ordonne que les Lettres Patentes & Arrests de verification d'icelles, seront executez, fait defenses d'y plus contreuenir: condamne les defendeurs és despens. Fait en Parlement le 12. May 1649. Signé, DV TILLET.

Extraict des Registres de Parlement.

Du 7. Septembre 1649.

VEu par la Cour la Requeste a elle presentée le 10. Iuillet 1648. par Iean Alexandre Prestre, Principal du College de Nôtre Dame d'Arras, dit Tournay, fondé en l'Vniuersité de Paris, demandeur contre Maistre Pierre Chappelas & autres defendeurs, à ce que le demandeur fut receu opposant à l'execution de l'Arrest du 23. May 1647. faisant droict sur son opposition, que l'Arrest d'appointé au Conseil seroit executé selon sa forme & teneur: sur laquelle Requeste l'vn des Conseillers de ladite Cour auroit esté commis pour parler sommairement aux parties: Defenses des defendeurs: Repliques du demandeur: Appointement à mettre: Production des parties; Ouy le Rapport du Conseiller commis: Et tout consideré. Ladite Cour, sur l'opposition à l'execution dudit Arrest du 23. May 1647. a mis & met les parties hors de Cour & de procez, & sans despens. Fait en Parlement le 7. Septembre 1649. Signé, GVYET.

Extraict des Registres de Parlement.

Du 15. *Mars* 1650.

ENtre les grand Maistre & Communauté des Docteurs en Theologie de la Maison de Nauarre, establie és Colleges de Boncour & Tournay, demandeurs en Requeste du 9. Mars present mois, d'vne part : Et Iean Alexandre Prestre, Adrian Drouard, & consorts, soy disans Boursiers du College de Tournay, deffendeurs d'autre : sans que les qualitez puissent preiudicier. Apres que Petit-pied pour les demandeurs voulant plaider ; Gastier pour les deffendeurs a dit, qu'ayant demandé les pieces à ses parties pour defendre, ils l'ont reuoqué ; laquelle reuocation il a fait signifier aux parties aduerses ; consent qu'ils prennent tel auantage qu'ils voudront : Petit-pied en repliques a dit, que la procuration qui reuoque n'en constituë vn autre en son lieu : partant qu'ils doiuent defendre. La Cour, sans auoir esgard à la reuocation, ordonne, que le Procureur demeurera, n'y ayant nouuelle constitution d'autre Procureur, & viendra defendre à Ieudy, sept heures du matin, à peine de l'Exploit qui sera iugé sur le champ. Fait en Parlement le quinziesme iour de Mars mil six cens cinquante. Signé, DV TILLET.

Extraict des Registres de Parlement.

Du 17. *Mars* 1650.

ENtre les grand Maistre, & Communauté des Docteurs en Theologie de la Maison de Navarre, establie és Colleges de Boncour, & Tournay, en l'Vniuersité de Paris, demandeurs aux fins de la Requeste du 9. Mars 1650. tendante à ce qu'ils fussent receus opposans à l'execution des Arrests des 9. Decembre 1649. & trois Fevrier dernier, obtenus par Maistre Iean Alexandre, tant sous son nom, que sous le nom d'Adrien Droüart & consorts : Et faisant droict sur ladite opposition, ordonner que les Arrests cy-deuant interuenus, seront executez ; & leur faire defenses d'y plus contreuenir, d'vne part. Et ledit Maistre Iean Alexandre Prestre, Adrien Droüart, François Bocquet, Abel Poussin, Albert Doremieux, Charles Iouy, & Pierre de la Morliere, soy disans Principal,

Bourſiers, & Communauté dudit College de Tournay, defendeurs, d'autre : Et encore leſdits grand Maiſtre, & Communauté des Docteurs, demandeurs en Requeſte iudiciairement faite, à ce que plaine & entiere main-leuée ſoit faite des ſaiſies faites à la Requeſte deſdits Droüart, & conſorts, en ladite qualité de Bourſiers, Principal, & Communauté dudit College, és mains des locataires, & debiteurs d'iceluy College, & autres, d'vne part : Et ledit Alexandre, Droüart, & conſorts, defendeurs, d'autre : ſans que les qualitez puiſſent prejudier. Apres que Petit-pied pour les demandeurs, a demandé defaut, & pour le profit qu'il plût à la Cour le receuoir oppoſant à l'execution de deux Arreſts, obtenus ſans y eſtre appellé; & y faiſant droict, que les Arreſts contradictoires ſeront executez, par leſquels ils ſont maintenus en la poſſeſſion du College de Tournay; & en conſequence, luy faire main-leuée des ſaiſies faites ſur les loyers des maiſons dépendantes dudit College; & faire defenſes audit Alexandre de plaider ſans conſeil; & que ſes penſions ſeront miſes és mains d'vn Huiſſier : Et Boutry Huiſſier a rapporté, auoir appellé les defendeurs : & Gaſtier leur Procureur. La Cour, a donné defaut aux demandeurs contre les defendeurs; & pour le profit, a receu & reçoit les parties de Petit-pied oppoſans à l'execution de deux Arreſts obtenus par ledit Alexandre; & y faiſant droict, ordonne, que les Arreſts precedens, obtenus par les parties de Petit-pied, ſeront executez : & en conſequence, leur a fait main-leuée des ſaiſies. Fait en Parlement le dix-ſeptieſme Mars mil ſix cens cinquante. Signé, DV TILLET.

Extraict des Regiſtres de Parlement.

Du 3. May 1651.

CE iour la Cour ayant deliberé ſur la Requeſte preſentée par Maiſtre Iean Alexandre Preſtre, afin d'eſtre receu oppoſant à l'execution de l'Arreſt du 21. d'Avril, & afin de payement d'vne ſomme de 1800. l. pour trois années de ſa penſion, à luy deuë, par les Prouiſeur, Principaux, Bourſiers, & Docteurs du College de Navarre; & ouys leſd. Prouiſeur & Docteurs, pour ce mandez : & apres que leſd. Docteurs ont ſouſtenu qu'ils ne deuoiuent que trois ou quatre cens liures des arrerages de ladite penſion, qui eſtoient ſaiſis à la à la requeste de plusieurs creanciers, sous le nom desquels ledit Alexandre auoit presenté diuerses Requestes à diuers Conseillers de ladite Cour, offroient neantmoins de consigner la somme de 600. liures, entre les mains de qui il plairoit à la Cour ordonner; à la charge desdites saisies, & sauf à repeter : A arresté, & ordonné, que tant sur ladite Requeste, que celles presentées par lesd. creanciers, & autres presentées par ledit Alexandre, & lesdits Prouiseur, & Docteurs, les parties en viendront plaider au premier iour : Cependant, sans preiudicier à leurs droicts, consigneront lesdits Docteurs, suiuant leurs offres, és mains de Maistre Hierosme Boileau, Commis à la charge du Conseil, la somme de 600. liures, dans ce iour, à la charge desdites saisies, pour estre par luy ladite somme deliurée, à qui, & quand par ladite Cour sera ordonné: & a esté ladite somme consignée conformément audit Arrest. Fait en Parlement le 3. May 1651. Collationné.

Extraict des Registres de Parlement.

Du 19. *Mars* 1652.

VEu par la Cour le procez verbal du Conseiller commis, du 25. Septembre 1651. fait en execution des Arrests d'icelle des 28. Feurier, 13. May & 20. Aoust 1650. donnez entre Nicolas Vidal, Bourgeois de Paris, creancier de Maistre Iean Alexandre, Principal du College de Nostre-Dame d'Arras, dit Tournay, d'vne part. Et Maistre Iacques Pereyret, grand Maistre, & les Docteurs du College de Navarre, contenant leurs contestations, sur l'estat presenté par la Communauté des Docteurs en Theologie de la Maison de Navarre, & quittances y attachées, pour faire droict; sur lesquelles ledit Conseiller a ordonné, qu'il en seroit par luy referé à la Cour, & par elle ordonné ce que de raison. Requeste dudit Vidal du 13. Octobre 1651. à ce que sans auoir esgard audit estat presenté, lesdits Arrests fussent executez : Ce faisant, lesdits Pereyret & consorts, condamnez luy payer la somme de 1800. liu. y contenuë; & à ce faire, François Dammonuille, Mathurin Hantry, & autres locataires des Colleges de Navarre, Boncour, & Tournay, soient contraints par toutes voyes deües & raisonnables, mesme par corps, comme dépositaires de biens de Iustice: quoy faisant, deschargez, sauf à imputer par eux les quittances qui se trouueront valables, sur les arrerages de la pension, escheus depuis le mois de Mars 1638 communiquée de l'Ordonnance de ladite Cour ausd. Pereyret, & consorts. Autre Requeste des Prouiseur, Principaux, Chappellains, Boursiers du College de Navarre, à ce que main-leuée leur fut faite, tant de la saisie réelle, que toutes autres saisies & arrests, faits entre les mains des locataires & debiteurs dudit College de Nauarre : Ce faisant qu'ils vuideront leurs mains en celles des Supplians, des sommes par eux deuës, dont ils demeureront valablement deschargez ; nonobstant toutes autres saisies, oppositions ou appellations quelconques, auec defenses audit Vidal, & autres pretendus creanciers dudit Alexandre, de faire aucune poursuitte contre lesdits locataires & debiteurs, apres les offres qu'ils font de consigner presentement aux perils & fortunes desdits Docteurs de Navarre, & sans preiudice de l'instance de sommation contr'eux intentée, la somme de douze cens liures, sans preiudice à eux des sommes de deniers, par ledit Alexandre, & Vidal, exigées par force & violence des locataires & debiteurs dudit College, & de leur despens, dommages & interests, communiquée de l'Ordonnance de la Cour, audit Vidal : Et tout consideré. Ladite Cour, a ordonné, & ordonne, que lesdits Arrests des 28. Fevrier, 13. May & 20. Aoust seront executez, & suiuant iceux, que lesd its Pereyret, & Docteurs de Navarre, dans huitaine, pour toutes prefixions & delais, bailleröt vn estat ou sommaire contenant toutes les sommes par eux deuës audit Alexandre, à cause de la pension de 600. liures par chacun an, dont est question, à compter depuis la creation d'icelle, iusqu'à ce iour, & de ce qui se trouuera auoir esté par eux valablement payé, sauf à ordonner à quels frais, duquel ledit Alexandre aura communication ; & pour cet effet, appellé à la diligence desdits Pereyret, & Docteurs de Navarre. Et cependant, ayant esgard à la Requeste desdits Prouiseur, Principaux, Chappellains, & Boursiers du College de Navarre, leur a fait, & fait main-leuée, à leur caution iuratoire, des saisies faites entre les mains des locataires, & debiteurs dudit College, à la Requeste desdits Vidal, & Alexandre ; en consignant prealablement par eux és mains de Maistre Hierosme Boileau, commis à la charge du Conseil, la somme de 1200. liures, laquelle auec la somme de 600. liures, par eux cy deuant consignée és mains dudit Boileau, sera baillée & deliurée audit Vidal, en deduction de ce qui luy est deub par ledit Alexandre, lequel en ce faisant en demeurera d'autant quitte & deschargé enuers ledit Vidal, & lesdits du

College, enuers ledit Alexandre; & à ce faire ledit Boileau contraint; & ce faisant deschargé, & en consequence, ordonne, que les locataires, & debiteurs vuideront leurs mains en celle desdits Prouiseur, Principaux, Chappellains, & Boursiers dudit College de Navarre, de ce qu'ils doiuent, à quoy ils seront contraits par toutes voyes: despens reseruez. Fait en Parlement ce 19. Mars 1652. Collationné.

Extraict des Registres de Parlement.

Du 15. *May* 1653.

VEu par la Cour la Requeste presentée par la Communauté des Docteurs en Theologie de la Maison de Navarre, establie és Colleges de Boncour, & Tournay, contenant qu'en l'année 1638. ladite Communauté ayant esté establie dans lesdits Colleges, en execution des Lettres verifiées en ladite Cour, il auroit esté accordé par icelle vne pension à Maistre Iean Alexandre, qui se pretendoit Principal dudit College de Tournay: Et bien que ladite pension luy fut deslors payée, & par aduance, il auroit tousiours troublé les supplians par diuerses saisies és mains des locataires desdits Colleges de Boncour, & Tournay, & du College de Navarre; ce qui auroit donné moyen ausdits locataires de vuider les lieux, de partie desquels ledit Alexandre se seroit emparé, & auroit fait abbattre vn grand corps de logis, & commis plusieurs violences, dont il auroit esté informé, ce qui n'auroit empesché les supplians de luy payer sa pension, qui auroient esté obligez d'emprunter vne somme de deux mil quatre cens liures, pour y satisfaire, laquelle luy auroit esté payée en deux années, outre laquelle pension, & autres charges, lesdits supplians sont obligez d'employer vne somme notable pour les reparations dudit College de Tournay; dont tous les bastimens menacent ruyne. A ces causes, requeroient lesdits supplians, qu'il leur fut permis d'emprunter la somme de neuf mil liures de principal, en constitution de rente, suiuant l'Ordonnance, tant pour payer la somme de deux mil quatre cens l. par eux deuë, pour les arrerages de ladite pension, qu'ils ont cy-deuant payée: & le surplus, pour employer aux reparations desdits Colleges de Boncour, & Tournay, au payement de laquelle rente, tant en principal qu'arrerages d'icelle, lesdits Colleges, & tous les bastimens en dépendans, seroient specialement, & par priuilege affectez & hypotequez. Veu aussi lesdites Lettres, Arrests, & autres pieces attachées à ladite Requeste. Conclusions du Procureur General du Roy: Tout consideré. Ladite Cour, auant faire droict sur ladite Requeste, a ordonné, & ordonne, que les lieux dont est question, seront veus & visitez par Experts nommez d'offices, par ledit Procureur General: Et outre sera à la requeste dudit Procureur General, informé de la commodité, ou incommodité que peuuent apporter les faits contenus en ladite Requeste: Et ce pardeuant le Conseiller Rapporteur du present Arrest, en presence de l'vn des Substituts dudit Procureur General: pour le tout fait, & rapporté, communiqué audit Procureur General, estre ordonné ce qu'il appartiendra. Fait en Parlement le 15. iour de May 1653. Signé, DV TILLET.

Extraict des Registres de Parlement.

Du 20. Iuillet 1654.

VEu par la Cour l'Arrest d'icelle du 15. May 1653. rendu sur la Requeste presentée par la Communauté des Docteurs en Theologie de la Maison de Navarre, establie és Colleges de Boncour, & Tournay; à ce qui leur fut permis d'emprunter la somme de neuf mil liures de principal, en constitution de rente, suiuant l'Ordonnance, tant pour payer la somme de deux mil quatre cens liures, par eux deuë, pour les arrerages de la pension pretenduë par le nommé Alexandre, que pour employer aux reparations qu'il conuient faire esdits Colleges de Boncour & Tournay; au payement de laquelle rente, tant en principal, qu'arrerages, le reuenu desdits Colleges, & tous les bastimens en dépendans, seroient specialement hypothequez, & affectez; Par lequel Arrest auroit esté ordonné, qu'auant faire droict sur ladite Requeste, les lieux dont estoit question, seroient veus & visitez par Experts, qui seroient par le Procureur General nommez d'office; & outre informé à la Requeste du Procureur General, de la commodité ou incommodité que peuuent apporter lesdits faits contenus en ladite Requeste, pardeuant l'vn des Conseillers de ladite Cour, en presence de l'vn des Substituts dudit Procureur General, pour ce fait, & à luy communiqué, estre ordonné ce qu'il appartiendra, par raiſon. Procez verbal de l'vn des Conſeillers de ladite Cour, à ce commis, & deputé par icelle; contenant la nomination deſdits Experts, & leur Rapport : Information faite d'office à la Requeſte dudit Procureur General, par ledit Conſeiller, du premier Aouſt 1653. ſur la commodité & incommodité deſdits faits : Concluſions dudit Procureur General; Tout conſideré. Ladite Cour, a permis & permet auſdits Supplians, d'emprunter iuſqu'a la ſomme de quatre mil liures de principal, en conſtitution de rente, à raiſon de l'Ordonnance, pour eſtre ladite ſomme employée aux reparations & baſtimens nouueaux qu'il conuient faire auſdits Colleges de Boncour, & Tournay, ſuiuant l'aduis des Experts, contenu au Procez verbal du 16. Iuillet 1653. le marché deſquels baſtimens, ſera publié & baillé au rabais en la maniere accouſtumée : Ce faiſant demeureront les reuenus deſdits Colleges, & tous les baſtimens en dépendans, ſpecialement, & par priuilege, affectez & hypothequez au payement de ladite rente, tant en principal, qu'arrerages : & ſeront les Contracts de conſtitution de ladite rente, paſſez en preſence d'vn Subſtitut dudit Procureur General. Fait en Parlement le 20. Iuillet 1654. Signé, DV TILLET.

Extraict des Regiſtres de Parlement.

Du 15. *Auril* 1654.

ENtre Maiſtre Iean Alexandre Preſtre, Principal du College Noſtre-Dame d'Arras, dit de Tournay, Adrien Droüart, Iean Louhinel, Albert Doremieux, Abel Pouſſin, Charles Iouy, Pierre de la Morliere, François Bocquet, Iean le Roux, & autres Eſcholiers de la Communauté dudit College, tous originaires de la Ville, & Dioceſe d'Arras, pays d'Artois, demandeurs en Requeſte par eux preſentée à la Cour le onzieſme Iuillet dernier ; Et encore demandeurs, ſuiuant les Repliques par eux fournies le 23. dudit mois de Iuillet, & deffendeurs, d'autre part. Et François Campion Graueur, Anglois, Maiſtre Nicolas Cornet, grand Maiſtre de Navarre, Pierre le Coq, Richard Smith, & Iean, & François Gaige, défendeurs, & incidemment demandeurs, par le moyen des defenſes par eux fournies le 17 dudit mois de Iuillet dernier, d'autre. Veu par la Cour, ladite Requeſte dudit iour onzieſme Iuillet deſdits Alexandre, & conſorts, à ce qu'il fut ordonné, que les Arreſts par eux obtenus le 8. Octobre 1625. 16. Iuillet & 3. Aoust 1627. 23. Fevrier & 22. Auril 1636. 27. Octobre 1645. 28. Iuin 1646. 24. Octobre 1648. 9. Decembre 1649. & 22. Avril 1653. seroient executez selon leur forme & teneur : Ce faisant qu'ils seroient maintenus & gardez en la possession & ioüissance dudit College de Tournay, droicts, profits, reuenus & émolumens, auec defenses de les y troubler : Ce faisant, lesdits defendeurs tenus vuider les lieux qu'ils occupent, & dont est question, autrement leurs meubles mis sur les carreaux, par le premier Huissier ou Sergent sur ce requis : Et en cas de refus d'ouurir les portes par les locataires, il fut ordonné qu'elles seroēt ouuertes par vn Serrurier, mesme en cas de contrauention, permis d'emprisonner les contreuenans. Sur laquelle Requeste auroit esté ordonné, que les parties parleroient sommairement à l'vn des Conseillers de ladite Cour : Lesdites defenses dudit iour 17. Iuillet, desdits Campion & consorts, contenant leur demande incidente, à ce que defenses fussent faites audit Alexandre, de plus prendre la qualité de Principal du College de Tournay, ny mesme de plus intenter aucune action sous des noms supposez, si ce n'est par aduis de conseil: Et qu'à cette fin il seroit nommé tel Aduocat, & Procureur qu'il plairoit à ladite Cour ; par l'aduis desquels, ledit Alexandre agiroit, & feroit toutes les procedures: Les Repliques dudit Alexandre & consorts, seruans de défenses à ladite demande incidente, & contenans aussi leur demande incidente, à ce que les Arrests par eux obtenus, & notamment celuy du 22. Avril dernier, seroient declarez communs auec ledit Cornet, & consorts, & auec lesdits locataires : Appointement à mettre, & productions des parties. Conclusions du Procureur General du Roy : Tout consideré. Ladite Cour a ordonné, & ordonne, que sur ladite demande incidente contenuë aux defenses du 17. Iuillet, les parties contesteront plus amplement dans quinzaine, escriront, & produiront, bailleront contredits & saluations dans le temps de l'Ordonnance : Cependant seront les Lettres Patentes d'vnion des Colleges de Boncour, & Tournay, au College de Navarre ; Arrest de verification d'icelles, & autres donnez en consequence, executez selon leur forme & teneur, à la charge de payer audit Alexandre la somme de 600. liures de pension par chacun an, & de luy fournir logement competent, conformément à l'Arrest du dix-huitiesme iour d'Aoust 1646. entretenir & reparer les logis & bastimens : Et en consequence sur les demandes dudit Alexandre, a mis & met les parties hors de Cour, & de procez, sans despens. Fait en Parlement le 15. Avril 1654. Collationné.

Extraict des Registres de Parlement.

Du 5. Aoust 1654.

ENtre Maistre Iean Alexandre, Principal du College Nostre Dame d'Arras, dit Tournay, Adrien Droüart, Albert Doremieux, Charles Iouy, & autres Boursiers dudit College, originaires de la Ville & Diocese d'Arras, pays d'Artois, demandeurs en Requeste du 26. Mars dernier, d'vne part : Et Maistre Nicolas Cornet, grand Maistre du College de Nauarre; Pierre le Coq, Prouiseur, Denis Guyart Procureur de la Communauté des Docteurs : les nommez Guischard, Dauollé, & consorts : Richard Smith, Guillaume Cliffort, & autres locataires des maisons & lieux dépendans & appartenans audit College de Tournay, defendeurs d'autre. Et entre ledit Alexandre, & consorts, demandeurs en Requeste du 5. May dernier, d'vne part : Et lesdits du College de Navarre, defendeurs d'autre. Veu par la Cour, ladite Requeste dudit Alexandre, & consorts du 26. Mars dernier, à ce que les Prestres Anglois nommez, François Campion, & autres Artisants, locataires des maisons & lieux dépendans dudit College de Tournay, fussent tenus sortir dudit College, & vuider d'iceluy dans huitaine; ce faisant condamnez auec ledit Cornet, & consorts, rendre & restituer audit Alexandre, les clefs des grandes portes dudit College, & des Chappelles, & autres lieux d'iceluy, pour y restablir le seruice Diuin, & la discipline Scholastique, & payer les loyers qui sont deubs, depuis le trouble fait audit Alexandre, & consorts sans preiudice des reparations, & restitution de fruits : Defenses desd. Communauté, & Docteurs de Nauarre, Appointement à mettre, Production desdits Alexandre, & consorts, & desdites Communauté, & Docteurs de Navarre : Sommations de defendre, & produire par lesdits Smith, Cliffort, & autres locataires des maisons & lieux dudit College de Tournay : Ladite Requeste dudit Alexandre, & consorts, dudit iour 5. May dernier, à ce qu'ils fussent receus opposans à l'execution de l'Arrest du 15. Avril dernier; faisant droict sur ladite opposition, il fut ordonné que les Arrests des 8. Octobre 1625. 16. Iuillet, & 3. Aoust 1627. 24. Fevrier, & 22. Avril 1636. 27. Octobre 1643. 27. Octob. 1645. 28. Iuin 1646. 24. Octobre 1648. 9. Decembre 1649. & 22. Auril 1653. seroient executez selon leur forme & teneur; ce faisant que ledit Alexandre & consorts, seroient maintenus en la possession & ioüissance dudit College de Tournay : Enioint ausdits defendeurs de vuider d'iceluy, & en payer les loyers: autrement permis audit Alexandre & consorts de faire mettre lesdits meubles sur le carreau ; auec defenses ausdits defendeurs de se seruir des Lettres de reunion, par eux obtenuës, verifiées en la Cour le 14. Decembre 1639. comme nulles, & reuoquées : Exceptions des defendeurs: Appointement à mettre, & ioint: Productions desparties : Sommation de defendre par lesdits defendeurs; & le Rapport du Conseiller commis sur lesdites Requestes, pour parler sommairement aux parties: Conclusions du Procureur General du Roy : Tout consideré. Ladite Cour, a debouté & deboute ledit Alexandre, & autres demandeurs, desdites Requestes; fait defenses audit Alexandre d'intenter à l'aduenir aucune action contre les defendeurs, sans l'aduis de Maistre Iean Marie l'Hoste, Aduocat en ladite Cour : Condamne lesdits demandeurs és despens, taxez à seize liures parisis. FAIT en Parlement le 5. Aoust 1654. Signé, DV TILLET.

Extraict des Registres de Parlement.
Du 7. Septembre 1657.

VEu par la Cour la Requeste presentée par la Communauté des Docteurs en Theologie de la Maison de Nauarre establie és Colleges de Boncour & Tournay, à ce que pour les causes y contenuës il fust permis aux Supplians, outre les quatre mil liures par eux empruntez suiuant l'Arrest du 20. Iuillet mil six cens cinquante quatre, & les deux mil liures empruntez encores de de Maistre Iean Obry Tresorier de l'Eglise de Beauuais, pour la construction des bastimens du College de Tournay, d'emprunter encores iusqu'à la somme de six mil cinq cens liures en principal, en constitution de rente, pour payer les ouuriers qui ont trauaillé à la refection du comble dudit College, ruptures de tuilles & poultres, & vitres cassées par la cheute dudit comble : & autres ouurages; au payement desquelles sommes & arrerages de rente

rente, il leur feroit auſſi permis d'hypothequer les reuenus deſdits Colleges & tous les baſtimens en dépendans: Veu auſſi ledit Arreſt, Contracts, & autres pieces attachées à ladite Requeſte ; Concluſions du Procureur General du Roy : Tout conſideré. Ladite Cour, a permis & permet auſdits Supplians, outre leſdites quatre mil liures, & deux mille liures par eux empruntez, emprunter encore iuſqu'à la ſomme de 6500. liures en principal, en conſtitution de rente, pour payer les ouuriers qui ont trauaillé à la refection du comble dudit College, rupture des tuilles, poultres & vitres caſsées, & autres ouurages: au payement deſquelles ſommes & arrerages de rente, ſeront affectez & hypothequez les reuenus & baſtimens dudit College, & ſeront les Contracts de conſtitution de rente, paſſez en preſence du Subſtitut dudit Procureur General. Fait en Parlement le ſeptieſme Septembre mil ſix cens cinquante-ſept. Signé, GVYET.

Extraict des Regiſtres de Parlement.

Du 14. *Septembre* 1663.

VEv par la Cour la Requeſte preſentée le dix-ſeptieſme Aouſt dernier, par les grand Maiſtre & Communauté des Docteurs en Theologie de la Maiſon de Nauarre, eſtablie és Colleges de Boncour & Tournay, vnis audit Nauarre ; Contre Maître Iean Martini, deffendeur, à ce que les Supplians fuſſent receus appellans de l'Ordonnance & permiſſion de ſaiſie obtenue du Lieutenant Ciuil du Chaſtelet, ou Lieutenant Particulier, par ledit Martini, le quatre deſdits mois & an, & des ſaiſies & Arreſts faits en conſequence le ſeptieſme dudit mois, entre les mains de leurs locataires & debiteurs, & de tout ce qui s'en eſt enſuiuy; tenus pour bien releuez, permis faire intimer en ladite Cour ledit Martini, que ſur leſdites appellations, leſdites parties auroient Audience à tel iour qu'il plairoit à la Cour ordonner. Et cependant, ſans preiudice des droits des parties au principal, & pour euiter le deperiſſement deſdits loyers, & l'inſoluabilité des debiteurs deſdits Supplians, & par prouiſion, à leur caution iuratoire, main-leuée leur fut faite deſdites ſaiſies & arreſts : Ordonné que leurs debiteurs leurs payeroient ce qu'ils doiuent, à ce faire contraints : quoy faiſant, ils en demeureroient bien & valablement deſchargez. Sur laquelle Requeſte auroit eſté ordonné, que les parties parleroient ſommairement à Maiſtre Henry de Refuge Conſeiller du Roy en ladite Cour. Appointement à mettre par deffaut ; Production deſdits demandeurs ; Sommations de defendre & produire par ledit defendeur : Ouy le rapport dudit Conſeiller commis : Et tout conſideré. LADITE COVR, A receu & reçoit leſdits Suppliants appellans, tient iceux pour bien releuez, leur permet faire intimer qui bon leur ſemblera. Ordonne que ſur l'appel les parties auront Audience au premier iour ; & cependant, ſans preiudice des droits des parties au principal, & par prouiſion, fait main-leuée des ſaiſies faites és mains de leurs locataires & debiteurs, à leur caution iuratoire : Ordonne que leſdits locataires & debiteurs, vuideront leurs mains de ce qu'ils doiuent, à ce faire contraints, quoy faiſant deſchargez. Fait en Parlement le quatorzieſme Septembre mil ſix cens ſoixante-trois. Et ledit iour eſt comparu Maiſtre Louys Pigis Procureur en la Cour, lequel en vertu du pouuoir à luy donné, a fait les ſubmiſſions, & eſleu domicile en ſa maiſon à la montagne Sainte Geneviefve, Paroiſſe Saint Eſtienne du Mont. Signé, DV TILLET.

www.ingramcontent.com/pod-product-compliance
Ingram Content Group UK Ltd.
Pitfield, Milton Keynes, MK11 3LW, UK
UKHW031956260826
14628UKWH00005B/2089

9 782013 096614